Flexi

Vom kleinen Vampir
zum Kuscheltier

Das Buch

Flexi, angeblich ein Pudelmischling, ist als Familienhund in einem Hochhaus aufgewachsen. Mit acht Jahren jedoch wurde er einen Tag vor Weihnachten in sehr schlechtem Pflegezustand einem Tierheim übergeben. Sein Fell war völlig verfilzt und musste gleich radikal geschoren werden. Doch schon bald fand er ein neues Heim bei Frauke, einer schon älteren Hundeliebhaberin.

Hatte Flexi vorher nur schlechte Erfahrungen mit Menschen gemacht? Jedenfalls biss er oft unmittelbar zu, wenn ihm jemand zu nahe kam. Unter Fraukes liebevoller Pflege entwickelte sich Flexi jedoch allmählich vom kleinen Vampir zum Kuscheltier.

Sein inzwischen nachgewachsenes weiches Fell reizt viele dazu, ihn zu streicheln, gleichzeitig aber neigt es trotz aller Pflege weiterhin zum Verfilzen. Daran erkannte die betreuende Tierärztin bald, dass Flexi kein Pudelmischling, sondern ein ungarischer Hirtenhund - ein echter „Puli" ist - mit all seinen guten Eigenschaften, aber auch mit seiner charakteristischen Fellpflege.

Die Zeiten der gegenseitigen Annährung von Hund und Halterin werden von Flexi aus seiner Erinnerung heraus sehr lebendig beschrieben. Doch auch Frauke, seine neue Besitzerin, kommt mit ihrer Sicht der Dinge hier zu Wort.

Die Autorin

Brigitte Wiers, geboren in Gelsenkirchen, lebt seit 1980 in Dorsten. 2007 erschien ihr Roman: *„Wer wohnt schon in der Ziethenstraße - Eine Kindheit im Revier."* Es folgten die Lyrikbände *„Schrei, wenn du kannst"* und *„In der Garderobe des Lebens"*

© 2014 Brigitte Wiers

www.wiers.de

Herstellung und Verlag:
BoD – Books on Demand, Norderstedt

Printed in Germany
1. Auflage 2014

ISBN: 9783738606447

Inhalt:

Wer bin ich eigentlich

Ja, wer bin ich denn?

Also, ich weiß, dass ich Rex heiße! Oh, pardon, inzwischen heiße ich ja Flexi. Früher habe ich in einer etwa mittelgroßen Familie gelebt, und mit Achteinhalb-Jahren bin ich dann in ein Tierheim gekommen. Nein, nein, man hat mich nicht auf der Straße aufgelesen, sondern man hat mich dort abgegeben, einfach so! Macht das überhaupt einen Unterschied? Wahrscheinlich nicht.

Na ja, lange war ich sowieso nicht in dieser Not-Unterkunft für Katzen, Hunde, Meerschweinchen und anderes Getier. Nach sechs Wochen schon hat Frauke mich da herausgeholt. Und weil meine neue Herrin der Meinung ist, ein so kleiner Hund wie ich sollte nicht Rex heißen, hat sie mich zunächst in „Flex" und letztendlich in „Flexi" umbenannt.

Doch wie schon gesagt, früher gab es für mich unter dem Namen „Rex" ein ganz anderes Leben. Nie aber wäre ich auf die Idee gekommen, etwas darüber zu berichten. Als ob es da viel zu kakeln gäbe! Es war doch nur ein ganz normales Hundeleben. Frauke aber meint, ich wäre schon was Besonderes, und für sie wäre alles wichtig, was mit meiner Vergangenheit zu tun hat. Deshalb solle ich ruhig einmal darüber reden, wie das mit mir so war. Dann könnte sie mich doch besser verstehen. Sie weiß ja nicht viel über meine Vergangenheit. Und irgendwann will sie gar ein Buch über mich schreiben. Sie denkt, was mir früher widerfahren ist, und was nun mit uns beiden so abläuft, würde wahrscheinlich andere Leute ebenfalls interessieren. Dabei kann ich mich ja gar nicht so gut ausdrücken, dass auch Fremde mich verstehen. Frauke aber will mir behilflich sein und alles, was ich ihr erzähle, sozusagen in Menschensprache umsetzen.

Na, dann will ich mal loslegen, mal sehen, woran ich mich noch erinnern kann.
Also, angefangen hat alles vor gut acht Jahren. Da bin ich im Herbst auf die Welt gekommen. Das hat Frauke aus dem Impfbuch ersehen, das nach meiner ersten Tollwut-Spritze erstellt worden ist. Komisch, was die Menschen oft für wichtig halten und dazu noch schriftlich niederlegen! Jedenfalls wurde dieser Nachweis später mit mir zusammen dem Tierheim übergeben.

Nun aber zurück zu meinen ersten Lebenswochen. Die durfte ich ja noch bei meiner lieben Hundemammi verbringen, die mich und meine Geschwister voller Hingabe gesäugt hat. Dann aber kam die Weihnachtszeit und mit ihm der sogenannte „Heilige Abend", der ein tiefer Einschnitt in meinem frühen Leben werden sollte, denn da wurde ich als Hundebaby brutal von meiner Hundemammi weggeholt und in eine mir bis dahin unbekannte Familie verpflanzt.

Das Erste, was mir auffiel in diesem neuen Zuhause, das war ein bunt geschmückter Weihnachtsbaum, den der Hausherr - wie er stolz erzählte - heimlich im Wäldchen am Tierheim geschlagen hat. Alles kam mir vor wie ein Traum, ein Traum aus der Traumwelt meiner Erinnerungen: Ich dachte, nun bin ich also ein Weihnachtsgeschenk für Pedro, den kleinen Sohn der

4

Familie und damit wohl so etwas wie der Mittelpunkt der hier anwesenden Sippschaft, und alle werden mich liebhaben, und ich werde hier glücklich sein und darf hier nach Herzenslust überall herum schnüffeln und, und, und...

Ja, und dann wurde mir gleich klargemacht, dass ich mich nur arg vorsehen sollte, um ja nicht das Tannenbäumchen umzustoßen und bloß nichts von seinen Zweigen herunterzureißen. Als ich mich dann doch mal näher ran getraut hatte, um die glitzernden Kugeln zu beschnuppern, da fiel eines dieser Dinger runter und zerbrach in tausend Stücke. Da hättet ihr mal sehen sollen, was für ein Theater Rodrigo deswegen gemacht hat.

Ach so, ihr kennt Rodrigo ja noch gar nicht. Also, Rodrigo, das war der Boss der Familie, zu der ich von nun an gehörte. Wie ich später erfuhr, war Rodrigo einige Jahre zuvor mit seiner Frau Jolanda und seinem Söhnchen Pedro von Portugal nach Deutschland übergesiedelt, weil er hoffte, hier Arbeit zu finden. Und die fand er dann auch tatsächlich in diesem Ort mitten im Kohlenpott, und zwar in einer alten Kohlenzeche. Und da durfte er von nun an die Kohlen aus der Erde buddeln und damit Geld verdienen und seinen Ofen heizen und dabei vergessen, dass es in seiner alten Heimat auch ohne Öfen so viel wärmer war als hier.

Na ja, das neue Leben im Kohlenpott dürfte für ihn zunächst nicht leicht gewesen sein, aber er hat wohl tapfer versucht, sich so gut wie möglich anzupassen. Und als er sah, dass viele seiner Kollegen einen Hund im Haus hielten, dachte er, zu einer Familie in

Deutschland gehöre wohl ein Hund. Sollte er nicht auch - vielleicht zu Weihnachten - ein kleines Hundchen für seinen Sohn Pedro anschaffen?

Da traf es sich gut, dass die Hündin seines besten Kumpels gerade sechs Junge bekommen hatte, und Rodrigo sich eines davon zum Freundschaftspreis aussuchen durfte. Und da hat er mich ausgewählt. Sollte ich darüber glücklich sein oder weinen? Ja, was soll ich dazu sagen? Ich wusste es nicht. Mich hat eh keiner danach gefragt, was ich möchte. Pedro aber, der kleine Knirps, dessen Eigentum ich nun war, hat sich gleich am ersten Tag bei jenem Streit mit seinem Vater um die zerbrochene Weihnachtskugel auf meine Seite gestellt. Als Rodrigo nämlich aus Zorn darüber nach mir treten wollte, hat der Junge mich vor den Schuhspitzen seines Vaters bewahrt: „Das ist mein Hund" schrie er, „lass ihn in Frieden! Der Rex ist doch noch so klein."

Und seitdem, tja, da waren die Fronten geklärt, und ich hatte den Namen „Rex" weg. Rex – eigentlich ein Name für große Hunde, wie ich später hörte - aber vielleicht dachte die Familie, ich würde mit der Zeit in diesen etwas protzigen Namen noch hineinwachsen. Jedenfalls, dass der kleine Pedro mich so verteidigt hat, habe ich ihm nie vergessen. Er hat mich auch später noch oft vor den Fußtritten seines Vaters bewahrt, und schon deshalb liebte ich ihn heiß und innig und war immer an seiner Seite, um ihn zu beschützen. Und überhaupt, Kinder mag ich gern, und ich glaube, Kinder mögen mich auch. Wenn sie mich nur sehen, bekommen sie gleich strahlende Äugelken. Den Kleinen nehme ich nicht einmal übel, wenn sie mich ins

Fell zwicken oder am Schwanz ziehen. Mit denen habe ich jedenfalls nie schlechte Erfahrungen gemacht. Dabei gab's in diesem Haus, in dem ich nun wohnte, 'ne ganze Menge Kids. Es war nämlich ein richtiger Wolkenkratzer mit sieben Stockwerken und entsprechend vielen Kindern drin.

Die Wohnung, in der ich nun lebte, lag in der dritten Etage. Dahin musste man schon einige Treppen hoch steigen. Anfangs hat mich Pedro meist auf seinen Armen raufgetragen, weil meine Beine noch zu kurz waren für die hohen Stufen. Und vor dem Aufzug, der so schrecklich quiekte, hatte ich zunächst große Angst. Mir machte es auch später mehr Spaß, die Treppenstufen rauf und runter zu rennen, als im Aufzug zu fahren, zumal es oben in der engen Behausung nicht viel Bewegungsfreiheit gab. Selbst draußen konnte ich mich nie richtig austoben. Das ganze Viertel bestand ja praktisch nur aus Straßen. Kein Wäldchen, keine Wiese weit und breit, nur hier und da ein paar Bäume am Straßenrand, an denen ich mal mein Beinchen heben konnte. An Freilaufen war also nicht zu denken. Das wäre sowieso nichts für mich, hieß es. Dass ich nicht lache! Doch so gewöhnte ich mich notgedrungen daran, immer der Leine zu folgen, die mich stets auf graden Wegen die Bürgersteige entlang führte. Mich dagegen aufzulehnen, hatte ich schnell aufgegeben, denn die Leine war eh viel stärker als ich. Eigentlich war ja das Angeleint-Sein der einzige Garant dafür, dass ich überhaupt nach draußen kam, darum freute ich mich immer, wenn das Seil an meinem Halsband „klick" machte. Wie schon gesagt, es war ein ganz normales Hundeleben, das mich hier erwartete.

Anfangs fiel es mir allerdings schwer, meine neuen Leute zu verstehen, denn sie waren so anders als die Menschen, bei denen ich zuvor mit meiner Hundemammi gelebt hatte. Sie sprachen auch teilweise eine völlig andere Sprache als die, die ich bisher kannte. So sagten sie zum Beispiel „*assento*", wenn ich sitzen sollte, und „nein" hieß bei ihnen „nao", und „bei Fuß gehen" hieß „*a pe*".

Dieses „*a pe*" aber gaben sie später ganz dran, weil ich in dem Straßengewirr des Viertel eh nie ohne Gurt laufen durfte, also notgedrungen immer „bei Fuß" neben ihnen herlatschen musste. Nur einmal - während der nachfolgenden Weihnachtszeit - habe ich mich draußen mal frei bewegen können. Da hat Rodrigo nämlich mit seiner Familie Urlaub in seiner alten Heimat Portugal gemacht, und mich hat er tatsächlich mitgenommen. Ehrenwort, ich durfte wirklich mit! Und dort, im Dorf seiner Eltern, gab es keine gepflasterten Wege, da war rundherum nur freies Feld, und ich konnte mich endlich einmal nach Herzenslust richtig austoben.

Vielleicht hätte Frauke mir gar nicht geglaubt, dass ich wirklich in Portugal war, aber sie hat das aus einer weiterer Eintragung im Impfbuch herausgelesen, denn dort bin ich zum zweiten mal geimpft worden, diesmal jedoch von einem portugiesischen Arzt. Diese Notiz war allerdings der letzte Hinweis auf irgendwelche Behandlungen, die man mit mir angestellt hat. Mehr konnte Frauke aus diesem kleinen Heftchen also nicht über mich erfahren. Was sie ansonsten von meinem früheren Leben weiß, muss sie wohl aus meinem Verhalten, meinen Macken, meinen Fehlern ersehen. Inzwischen bin ich schon eine Art offenes Buch für sie. Trotzdem aber will sie, dass ich ihr mehr über mein früheres Leben berichte. Na schön, dann man weiter mit den Erinnerungen, obwohl das mit meinem Gedächtnis so eine Sache ist. Wer kann schon alles behalten, was ihm im Leben so passiert? Und will man manches nicht lieber vergessen, darüber schweigen? Dennoch, ich versuch's einfach mal.

Also, zunächst verging für mich die Zeit wie im Flug. Anfangs kümmerte sich die ganze Familie wirklich sehr um mich. Meine schwarzen Locken, meine kleine Stupsnase, meine dunklen Kulleraugen fanden ja alle soo süß, wie sie immer betonten. Ja, ein niedlicher Pudelmischling sollte ich sein, und ich war's zufrieden. Jeden Tag wurde ich mit Futter versorgt, auch wenn ich nicht alles vertragen habe. Außerdem hat man mich zumindest im Anfang regelmäßig gehätschelt, gebürstet und spazieren geführt. Selbst mit Muschi, der Katze - die bereits vor mir in der Familie lebte - kam ich ganz gut klar. Sie war braun-weiß gescheckt - ein ruhiges, weitgehend friedfertiges Tier, das immer im Haus blieb. Streunen konnte sie also nicht. Manchmal, wenn sie in der Nähe des Ofens lag, seufzte sie laut im Traum, und manchmal lächelte sie im Schlaf wie ein Schaf, das lächeln lernt. Ich erinnere mich noch, wie ich dort am ersten Tag aufgeregt auf die Katze zulief, die ernsthaft eine Türschwelle zierte. Das Tier jedoch senkte missbilligend den Kopf auf das gesträubte Fell und zuckte mit keiner Wimper, pardon: mit keinem Barthaar. Aber ich gab mich so schnell nicht geschlagen und versuchte mit unzähligen hohen und tiefen Lauten in Dur und Moll ihre Aufmerksamkeit zu erlangen, bis das grüne Eis ihrer Augen in Sanftmut schmolz und sie zutraulich ihren Kopf am Türrahmen rieb als unmissverständlich freundliche Begrüßung. Von da an gab es Frieden zwischen uns. Ich hatte auch nichts dagegen, wenn sie hin und wieder mal an meinem Napf naschte, obwohl sie selbst mich oft recht böse anfauchte, wenn ich hin und wieder mal versehentlich mit meinen Pfoten in ihre Schüssel trat und ihre Milch dabei auskippte. Und überhaupt, Muschi durfte eigentlich in der Wohnung all das machen, was mir verwehrt wurde: auf den Tisch springen, in Pedros Bett schlafen oder sich in den großen Fernsehsessel kuscheln. Sie hatte eben ältere Rechte. Und wenn ich mal gegen sie anstinken wollte, hieß es gleich: „Zum Donnerwetter, lass ja die Katze in Ruhe". Doch solange ich insgesamt nicht zu kurz kam, war mir das eigentlich egal.

Die Jahre vergingen. Der kleine Pedro wurde immer größer, kümmerte sich zunächst jedoch weiterhin fast rührend um mich. Ihn habe ich auch nie gebissen. Ehrenwort! Dafür hat er mich manchmal sogar mitgenommen, wenn er zum Fußballspielen ging. Die dicken großen Bälle aber durfte ich nicht anrühren. Die waren wohl zu kostbar für mich! So habe ich nie gelernt, mit diesen runden Dingern zu spielen. Auch Stöckchen holen, wie andere Artgenossen das oft machen, ist mir fremd geblieben. Das fand ich übrigens sowieso irgendwie irre. Dafür entdeckte Pedro ein anderes Spiel für mich: Mit Vorliebe hetzte er mich gegen die großen Hunde auf, die Nachbarskinder manchmal zum Fußballplatz mitgebrachten. Für die Bengel war es ein tolles Gaudi, wenn wir uns ineinander verbissen. Weil ich inzwischen ein recht dickes Fell bekommen hatte, kam ich bei den Raufereien meist einigermaßen glimpflich davon, und Pedro war dann mächtig stolz darauf, dass ich mich von den „Straßenkötern", wie er sie nannte, nicht unterkriegen ließ. Nein, Furcht vor den Großen kenne ich bis heute nicht. Die sollen ruhig merken, dass auch ich mit meinen kleinen Zähnen noch ordentlich zubeißen kann.

Wie schon gesagt, es war ein ganz normales Hundeleben, das ich dort in der Hochhaussiedlung führte. Nur irgendwie ... also in letzter Zeit ... also, da schien sich die Stimmung in der Familie allmählich zu ändern. Keiner hatte zum Beispiel mehr den Nerv, mein Fell zu bürsten. Das habe ich irgendwie noch verstanden, denn meine Haare waren immer dichter, länger und struppiger geworden, und das Gebürstet-Werden war auch für mich keineswegs ein Vergnügen. Weiß Gott, das zwickte oft ganz gewaltig. Da konnte es durchaus passieren, dass ich schon mal zugebissen habe, wenn's allzu doll wurde. Mit der Zeit haben meine Leute es dann einfach aufgegeben, mich überhaupt noch zu striegeln oder auch nur zu streicheln. Dass aber inzwischen sogar niemand mehr mit mir Gassi gehen wollte, also, das ging einfach zu weit. Schließlich durfte ihnen doch klar sein, dass ich mal mein Beinchen heben und mein Geschäft machen musste.

Pedro maulte jetzt ständig, wenn er zum unausweichlichen Spaziergang mit mir verdonnert wurde. Jolanda redete sich stets mit ihrer vielen Hausarbeit aus. Und Rodrigo, Pedros Vater? Ach der, der hatte inzwischen zwar viel Zeit, ging aber kaum mehr aus dem Haus. Stundenlang lag er nun mit einer Flasche Bier in der Hand auf der Couch und maulte miesgrämig. Musste er eigentlich nicht mehr arbeiten gehen oder war er krank? Egal! Jedenfalls hatte er nun oft schlechte Laune und zum Gassigehen einfach keinen Bock.

Ich und die Katze, die Katze und ich, wir schienen Rodrigo jetzt ständig im Weg zu sein. Lag es mir? An uns? Habe ich was falsch gemacht? Haben wir was falsch gemacht? Um Ärger mit ihm aus dem Weg zu gehen, versuchte ich schon, mich möglichst unsichtbar zu machen, mich in irgendeine Ecke zu verkrümeln. Ihm bloß nicht vor die Füße laufen! Nur nicht auffallen und selbst das Pullern solange anhalten, wie es eben ging! Anfassen lassen mochte ich mich auch nicht mehr von ihm, ebenso wenig von den anderen aus der Familie. Ich hatte einfach das Vertrauen zu ihnen verloren, und wenn sie mir zu nahe kamen und mir mit einem Stock drohten oder mit der Zeitung, hab ich einfach nach ihnen geschnappt. Was sollte ich armer Hund denn sonst tun? Was, bitte schön? Was?

Wie man einen Hund und eine Katze los-wird

Nach einem wenig schönen Sommer und Herbst wurde es abermals Winter, und damit nahte für mich zum achten Mal das Weihnachtsfest in dieser Familie! Noch ahnte ich nicht, dass der kommende „Heilige Abend" für mich wieder zu einem besonderen Schicksalstag werden sollte. Auf dem Balkon stand bereits ein frisches Tannenbäumchen, das darauf wartete, geschmückt zu werden.

Ob ich wohl zur Feier dieses Tages auch diesmal eine Extrawurst bekommen würde? Doch danach sah es nicht aus. Rodrigo wurde plötzlich geradezu hektisch. Er packte die alte Katzendame, die jämmerlich zu schreien anfing, in ein verschließbares Körbchen, zerrte mich an der Leine in sein Auto und fuhr mit uns im vollen Tempo zum Tierheim, ausgerechnet zu dem, aus dessen Wäldchen er acht Jahre zuvor heimlich seinen - ich könnte auch sagen - *meinen* ersten Weihnachtsbaum geschlagen hat.

Auf dem Platz vor dem Heim herrschte Hochbetrieb. In den seitlich angelegten Zwingern schienen Hunderte von Kläffern einquartiert zu sein. Durch die Drahtzäune sah ich große und kleine, schwarze und weiße, gescheckte und gestreifte Hunde, die offensichtlich alle in Auffuhr waren. Sie jaulten und bellten und schrien wild durcheinander. Mir liefen richtige Schauer über den Rücken. Dies schien ja das reinste Irrenhaus zu sein! Was würde hier auf mich zukommen? Jede Menge Leute wuselten um uns herum. Rodrigo ging auf einen jungen Mann zu. Dem fuchtelte er zunächst mit dem Katzenkäfig vor der Nase rum. Der verstand: „Aha, die Katze will er hier loswerden!"

Mit undurchdringlicher Miene nahm der Helfer die alte Mieze in Empfang und brachte sie in ein abseits gelegenes Katzenhaus. Ich hatte nicht einmal die Möglichkeit, mich von ihr zu verabschieden. Dabei hatten wir doch so viele Jahre einigermaßen friedlich zusammen in derselben Familie gelebt.

Nun kam eine junge Frau auf Rodrigo zu. Er redete hektisch auf sie ein. Dann übergab er ihr meine Leine, und damit zog sie mich in einen kleinen unwirtlichen Raum, vermutlich eine ehemalige Waschküche. Es war wohl der einzige Bereich, der für mich in diesem überfüllten Heim noch übrig war. Ein winziges, hoch gelegenes Fenster ließ nur wenig Tageslicht reinfallen. Boden und Wände der Kammer waren weiß gekachelt. Dabei hasse ich Kacheln, und wie ich sie hasse! Sie sind so kalt, so schrecklich kalt! In einer Ecke entdeckte ich einen Holzverschlag mit einem Vorhang davor, dahinter eine Art Wanne mit ein paar alten Decken drin. Das sollte wohl von nun an mein Domizil, meine Schlafgelegenheit sein.

Aber warum, warum nur? Warum hat Rodrigo mich dort abgegeben? Mich und die Katze? Ich weiß es nicht, werde es nie verstehen! Aber eins war mir gleich klar: Rodrigo und Jolanda und deren Sohn Pedro würde ich wohl nie wieder sehen. Nie wieder! Niemals wieder!

Während der ersten Nacht im Tierheim habe ich mich tief in die Decken hinterm Vorhang eingegraben.

Ich wollte nichts mehr sehen, nichts mehr hören, nichts mehr fühlen. Man sollte mich einfach nur in Ruhe lassen. Doch gegen Morgen erschien Tanja in meinem Verlieβ, Tanja, die junge Tierheimhelferin, die mich am Tag zuvor in diesen Schuppen gebracht hatte. Sie sprach beruhigend auf mich ein und stellte mir einen vollen Futternapf hin. Nein, fressen mochte ich nicht, aber Tanjas Nähe beruhigte mich ein wenig. Wie gut, dass sie eine ausgemachte Pudelliebhaberin war, denn da ich als Pudelmischling galt, stürzte sie sich geradewegs auf mich, und ich ließ sie gewähren. Die übrigen Helferinnen des Heims hatten dagegen keinerlei Chancen, mit mir klarzukommen. Die ließ ich erst gar nicht an mich herankommen. Ihr wollt wissen, warum nicht? Wirklich? Na ja, was hatte ich denn mit all diesen fremden Menschen zu tun? Nichts, rein gar nichts. Also sollten die mich gefälligst in Ruhe lassen. Nur Tanja durfte in mein Verlieβ kommen, und sie war auch die Einzige, die mich anfassen und streicheln durfte. Die anderen Helfer trauten sich nicht einmal in meinen Abstellraum hinein, die hielt ich von vornherein zähnefletschend auf Distanz.

Doch es sollte mir hier noch allerlei bevorstehen. Gleich nach den Feiertagen kam nämlich der Tierarzt - der stets alle neu eingetroffenen Heimtiere untersucht - um auch mich gründlich zu filzen. Vorsichtshalber aber legte man mir einen Maulkorb um. Man hatte dort ja bereits meine spitzen Zähne fürchten gelernt.

Während der ganzen Prozedur zitterten die Helferinnen offensichtlich mehr um den Doktor als um mich. Und der schien mich nicht besonders zu mögen, jedenfalls hatte er anschließend jede Menge an mir auszusetzen: Mein Fell wäre ja total verfilzt, unterm Bauch hätte ich lauter kahle Stellen mit grässlichen Ekzemen dran, und meine Ohren seien ganz doll entzündet, mein Schwanz zweimal gebrochen, das letzte Stück abgestorben, und zu all dem Übel wäre ich auch noch Allergiker – was immer das sein sollte. Bevor er mich aber gründlich behandeln könne, müsse mein verfilztes Zottelkleid radikal geschoren werden, forderte der Mann mit großem Nachdruck.

Da stürzten sich die Mitarbeiterinnen gleich mit Feuereifer auf mich. Doch als sie mir so richtig ans Fell wollten, wehrte ich mich trotz Maulkorb mit meinem ganzen Körper dermaßen heftig dagegen, dass sie genervt aufgaben. Da verpasste mir der Onkel Doktor kurzerhand eine dicke Spritze, und schon war ich weg.

Als ich wieder aufwachte, hatte ich keine Mähne mehr, nur hier und da ein paar einzelne schwarze Fransen. Kann man sich so was vorstellen? Ich war praktisch nackt! Splitternackt! Und das mitten im Winter bei Eis und Schnee! Du meine Güte, was habe ich gefroren und gezittert! Und geschämt habe ich mich auch. Wie sah ich denn aus? Doch nicht wie ein Hund! Jetzt mochte ich erst recht niemanden mehr in meiner Nähe dulden.

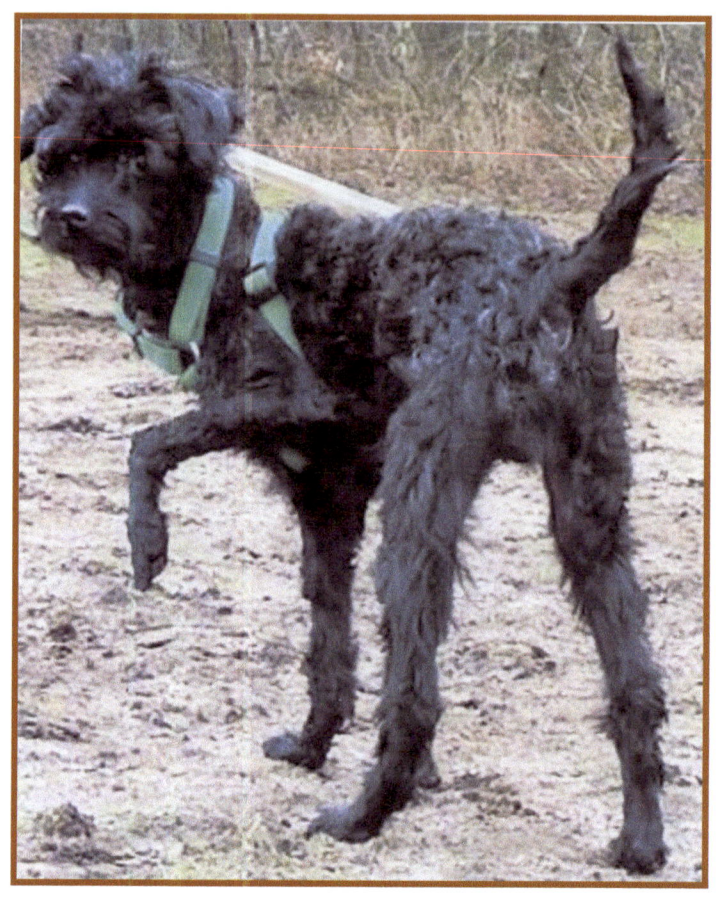

Also, wenn Tanja nicht gewesen wäre, wer weiß, ob ich es lange ausgehalten hätte in diesem Heim. Tanja war in meinen Augen die einzig nette Pflegerin dort. Sie war jedenfalls immer freundlich zu mir und hat sich sehr um mich gekümmert. Draußen lag noch Schnee, und es war bitter kalt. So war es stets auch Tanja, die mir den Bauchgurt umlegen und ein Mäntelchen anziehen durfte für meine täglichen kurzen Ausgänge neben dem Heim. Die übrigen Mithelfer des Hauses trauten sich einfach nicht mehr an mich heran, weil ich denen gegenüber gleich die Zähne bleckte. Sobald ich aber angeleint war, zog ich anstandslos mit jedem los, der mich zu dem eingezäunten Hundeplatz brachte. Da wurde ich dann herumgeführt und durfte mich von meinen anderen Artgenossen beschnüffeln lassen. Ich glaube, die blöden Viecher haben mich regelrecht ausgelacht, weil ich doch so komisch aussah ohne mein Fell. Dafür habe ich sie dann mächtig angeknurrt. Die Heimleute waren deshalb der Meinung, ich wäre nur neidisch auf die fremden Rüden, und das haben sie sogar - wie ich später von Frauke hörte - im Computer eingegeben: „Rex neigt zur Eifersucht". Quatsch, ich und eifersüchtig auf diese albernen Kläffer? Ne, wirklich nicht!

An Wochenenden kamen oft Besucher zum Heim, die an ihren freien Tagen mal gern ihre Tierliebe zeigen und einen fremden Hund ausführen wollten. Meist durften sie sich sogar ihr Lieblingsexemplar selber auswählen, mit dem sie dann strahlend durch das angrenzende Wäldchen zogen. Auch ich wurde hin und wieder dazu auserkoren, mit solch Unbekannten, aber durchaus erträglichen Menschen, die Waldwege entlang zu streifen. Dabei lernte ich diese kleinen Gänge durchaus zu schätzen. Sie bildeten schließlich die einzige Abwechslung in jenen tristen Tagen. Wer dabei am anderen Ende der Leine ging, war mir völlig egal. Hauptsache, ich konnte nach Herzenslust schnüffeln, denn an jedem Baum, jedem Strauch, jedem kleinen Erdhügel in diesem Gestrüpp von einem Wald hatten jede Menge Rüden ihre Duftnoten hinterlassen. Und diese Duftnoten erzählten mir 'ne ganze Menge wahrer Geschichten über meine übrigen Leidensgenossen in diesem Asyl. Darüber konnte ich anschließend dann ordentlich nachdenken.

Natürlich gab man sich in diesem Tierheim auch große Mühe, Besucher dazu anzuregen, mal einem Hund, einer Katze, einem Meerschweinchen oder was sonst noch dort so kräuchte und fleuchte, ein neues Zuhause zu bieten. Manche Besucher kamen deshalb gar von weit her, um sich hier ein passendes Haustier auszusuchen. Aber auch übers Internet hatten sie Gelegenheit, sich über uns arme Teufel kundig zu machen. Da wurden nämlich Fotos eingestellt und geschönte Beschreibungen über uns herausgegeben. Wie das mit dem Internet so funktioniert, habe ich ja nicht wirklich verstanden. Tanja aber hat mir erzählt, dass darin auch über mich ein sogenanntes „Rex-Portrait" zu sehen war. Dazu hatte das Heim zwei Abbildungen von mir hineingestellt und dabei sogar die blöde Sache mit meiner angeblichen Eifersucht zum Besten gegeben. Doch ich habe mich auf den Fotos selber nicht wiedererkannt, so mager und halbnackt wie ich war, nur notdürftig bedeckt mit den irren Stoppeln, die man bei der Radikalschur von meinem Fell hatte stehen lassen. Manche Leute aber meinten, auf den Fotos wirkte ich vor lauter Hässlichkeit geradezu schön.

So dachte übrigens auch Frauke, als sie mich während der letzten Januarwoche das erste Mal im Tierheim besuchte. Sie hatte über das Internet von mir erfahren und wollte partout mit mir ausgehen, um mich näher kennenzulernen. Doch Frauke musste eine ganze Zeit lang warten, weil Tanja nicht da war, um mich ausgehfertig zu machen. Die anderen Mitarbeite-

rinnen trauten sich ja nicht einmal mehr in meine kleine Abstellkammer rein. Als Tanja dann endlich auf-
tauchte, brachte sie mich sicher angeleint zu der
unbekannten Besucherin, die nicht mehr ganz jung,
aber auch nicht richtig klapperig war und durchaus
noch einigermaßen flott mit mir durch das Wäldchen
zog. Für mich war es ebenso wie an den anderen Tagen – die Person am Ende der Leine war mir völlig
wurscht, Hauptsache, sie ließ mich überall schnüffeln.
Ich bin nun mal ein leidenschaftlicher Schnüffelhund.

Zunächst schien diese Frau, die mich schon mal zur
Probe testen wollte, nicht sehr begeistert von mir zu
sein, so mager und unsicher wie ich damals noch wirkte. Dann aber fand sie mich plötzlich süß, weil ich mit
meinen dürren Beinen fast schwerelos vor ihr her tän-
zelte. Ich sei wohl, wie sie meinte, in meinem früheren
Leben ein Balletttänzer gewesen. Na ja, vielleicht war
sie selber gerade zu jener Zeit ein Floh und hockte gut
geschützt in meinem schwarzen Pelzmantel. Was?
Geht nicht? Ach, wer will das schon wissen?

Aber die Gute schien wohl doch ein wenig enttäuscht darüber zu sein, dass ich mich kaum für das
interessierte, was um uns herum passierte. Klar, ich
wollte nur schnüffeln, schnüffeln, schnüffeln. Und, na
ja, mit einem angenehmen Äußeren konnte ich auch
nicht gerade klotzen! Die übrig gelassenen mickrigen
Fransen in meinem Fell waren einfach nur uni-schwarz
ohne belebende Farbtupfer, meine dürren Beine
schienen ellenlang, den zweimal gebrochenen
Schwanz hatte man gezwungenermaßen künstlich
verkürzt, und mein Kopf wirkte breit und quadratisch,
die Schnauze kurz und bissig. So jedenfalls muss

20

Frauke mich gesehen haben, und so fand ich mich ja auch selber.

Ach, der arme kleine Kerl", erzählte Frauke später ihren Freunden, „anfangs hatte er den verstörten Blick eines wehrlosen Gefangenen, aber seine Kopfhaltung und die Ausmaße seiner Schultern ließen bereits den stolzen Rassehund erkennen, zu dem er sich mal entwickeln sollte. Und als er mich bereits etwas näher kannte, benahm er sich mir gegenüber so lieb und rührend, dass ich ihn auf jeden Fall haben wollte." Na, so ähnlich hat sie es mir jedenfalls später erzählt.

Was soll ich dazu sagen: so lieb und toll hat sie mich zunächst wohl wirklich eingeschätzt. Wie sie sich jedoch getäuscht hat, die arme Frau! Denn wirklich lieb war ich damals nicht, jedenfalls nicht immer. Das Nettsein hatte mir meine alte Familie in letzter Zeit weitgehend ausgetrieben. Ich war inzwischen nur äußerlich still, dabei aber auf der Lauer wie ein schwarzer Panther und fast allen Menschen gegenüber voller Argwohn. Der Tierarzt meinte, ich sei ein echter Angstbeißer geworden. Der musste das ja wissen, wozu hat er schließlich studiert. Ich jedenfalls würde den Teufel tun, ihm zu widersprechen.

Trotz allem aber, was der Mediziner an mir herumgemäkelt hatte, kam meine neue Bewunderin am nächsten Tag wieder. Diesmal jedoch holte sie - als wir außer Sichtweise des Tierheims waren - eine Tüte mit Leberwurstbrot aus ihrer Tasche. Heimlich, wie gesagt, denn es war nicht erwünscht, „ausgeliehene Tiere" zu füttern. Da ich aber von Natur aus beim Fressen ausgesprochen wählerisch bin, nahm ich die

Stückchen, die sie mir hinhielt, nur sehr vorsichtig aus ihrer Hand und versuche auch nie, anschließend noch mehr zu erbetteln. Das hat ihr wohl imponiert, denke ich mal. Jedenfalls kam sie nun auch an den folgenden Tagen, und die ganze Prozedur wiederholte sich.

So ging es dann eine ganze Woche lang. Und weil die Besucherin wirklich nett zu mir war, fasste ich allmählich Vertrauen zu ihr. Sie durfte mir zum Schluss sogar selbst die Leine anlegen, was ich sonst nur Tanja erlaubte. Da haben die anderen Mitarbeiter aber gestaunt und kamen so zu der Überzeugung, dass diese Frau trotz ihres Alters wohl 'ne prima Hundemutter für mich abgäbe.

Zwar fiel die Gute schon während unseres zweiten Rundgangs im Heimwäldchen mal der Länge nach hin und blieb zunächst verdutzt liegen, bevor sie sich wieder hochrappelte. Ich blieb geduldig neben ihr stehen und rührte mich nicht von der Stelle. Aber ein schlechtes Gewissen hatte ich nicht, denn ehrlich gesagt, ich war nicht schuld daran, dass sie hingefallen war! Ich hatte weder an der Leine gezogen, noch bin ich ihr vor die Füße gelaufen. Sie muss wohl über eine Baumwurzel gestolpert sein. Im Wäldchen gab es ja keine vernünftigen Wege – nur Trampelpfade.

Bei ihrem Sturz hatte sich die Besucherin ihre Nase aufgeschlagen, und ihr Mantel war von oben bis unten mit Schnee und vertrocknetem Laub bedeckt. Als sie endlich wieder auf ihren Beinen stand, klopfte sie erst einmal ordentlich den Dreck ab, denn sie wollte nicht, dass jemand im Tierheim von ihrem Sturz erfuhr. Sie fürchtete nämlich, dass man dann meinen könne, sie wäre wohl nicht mehr jung genug, um noch einen Hund zu halten. Dabei wollte sie doch so schrecklich gerne wieder einen haben, weil sie sonst niemanden mehr hatte, mit dem sie spazieren gehen konnte. Und inzwischen sei sie ja durchaus zu der Überzeugung gelangt, ich wäre genau der richtige Vierbeiner für sie. Das alles jedenfalls hat sie Tanja erzählt. Und die war es dann auch, die mir heimlich zugeflüstert hat, dass ich wohl bald bei dieser Frau ein neues Heim finden würde. Sie hätte sich bereits deren Wohnsitz angesehen und wäre der Meinung, dass ich - der arme kleine Rex - mich dort sicher sehr wohl fühlen würde.

Ein neues Zuhause bei Frauke

Also, von dem, was Tanja mir in den letzten Tagen im Tierheim klar machen wollte, hatte ich damals kaum etwas verstanden, aber ich hatte beschlossen, einfach abzuwarten. Mal sehen, was kommen würde.

Dann endlich kam der große Augenblick! Ich werde ihn nie vergessen. So nah ist mir dieser Tag, dass ich nur die Augen schließen muss, um ihn aufs Neue zu erleben. Es war Anfang Februar, draußen lag noch Schnee, da tauchte diese Fremde, die mir inzwischen gar nicht mehr so fremd war, wieder auf und brachte für mich ein neues Halsband und eine neue Leine mit. Und kaum war ich angeleint, führte sie mich zu ihrem Auto, öffnete die Beifahrertür und schwupp! saß ich in ihrem Wagen, als sei es die größte Selbstverständlichkeit der Welt. Autofahren war ich immerhin gewohnt. Dann fuhren wir los, weiter und immer weiter, bis ich von der Umgebung nichts mehr wieder erkannte. Irgendwann hielt der Wagen dann vor einem hellen Haus mit schneebedecktem Vorgarten.

Das, mein kleines Hundchen, ist nun dein neues Zuhause", erklärte mir die gute Frau. „Und ich bin deine neue Herrin oder sagen wir besser, ich bin Frauke, deine Frauke."

Na ja, mir sollte es recht sein. Und dann klärte Frauke mich auf, dass ich von nun an nicht mehr *Rex* heißen würde. Der Name passe eher zu einem Schäferhund, und damit hätte ich ja wohl keine Ähnlichkeit. Sie wolle mich lieber *Flex* nennen, das klingt so ähnlich wie Rex, oder besser noch *Flexi*, weil ich doch so flexibel sei, wie sie schon feststellen konnte. Also, mit der Namensänderung war ich durchaus einverstanden, denn mit einem Schäferhund wollte ich rein gar nichts gemein haben. Ich sagte ja schon, dass ich diese großschnäuzigen Kerle überhaupt nicht mag.

Der Anfang jedenfalls, dachte ich, ist schon mal okay. Inzwischen war ich richtig neugierig darauf, wie es weitergehen würde. Als Frauke dann ihre Wohnungstür aufschloss, geriet ich völlig aus dem Häuschen. Oh, so sieht es hier aus? Ist es das? Alles war hell und geräumig und überall warmer Bodenbelag! Und darüber gab's dann noch mitten im Wohnzimmer so einen dicken weichen gelben Flauschteppich! Du meine Güte! Wie ein Irrer habe ich mich gleich darauf herumgewälzt und mochte gar nicht mehr aufhören damit. Und dann entdeckte ich neben diesem Teppich so einen kleinen süßen Teddybären, und mir war sofort klar, das ist Pudi, *„mein Pudi",* und der gehört mir ganz allein. Aber noch weitere Spielzeuge warteten neben dem Teppich auf mich: ein süßes Pony, genannt *Hotti* und eine Puppe mit langem Sisal-Zopf namens *Pippinella.* Doch von all diesen Sachen liebe ich bis heute am meisten meinen kleinen Pudi, den ich immer wieder vor Wonne in die Luft werfe – vor allem, wenn ich richtig glücklich bin. Und wenn Besuch kommt, hole ich Pudi aus seiner Ecke hervor und halte ihn mit meinem Schnäuzchen dem Gast entgegen. Warum? Ja, warum wohl: damit zeige ich doch dem Besucher, dass auch er von nun an zu meiner Herde gehört, für die ich mich verantwortlich fühle. Und dieser Mensch ist dann ganz gerührt und streichelt mich ganz liebevoll, und ich fühle mich dann ganz wohl in meiner Haut und spüre förmlich, wie mein Fell dabei ganz weich wird, ganz richtig kuschelig weich.

Um jedoch kein Missverständnis aufkommen zu lassen, meinen Pudi lasse ich mir von niemand aus der Schnauze reißen. Das sollte mal jemand wagen! Der würde mich schon kennenlernen. Ich finde es natürlich toll, wenn sich trotzdem jemand traut und versucht, ihn mir abzunehmen. Dann rase ich mit meinem geliebten Pudi um Tisch und Sessel, bis dem Besucher bei seiner Verfolgungsjagd die Puste ausgeht. Manche halten das richtig lange aus, vor allem Lara. Frauke leider aber nicht so sehr. Schade, ihr wird so leicht schwindlig bei diesem wilden Treiben. Mit anderen macht es darum mehr Spaß. Den aber gönnt mir Frauke durchaus.

Anpassung ist gefragt

Wenn ich mir das so überlege: nun lebe ich tatsächlich schon `ne ganze Weile in meinem neuen Heim. Im Grunde jedoch müssen Frauke und ich uns immer noch fast täglich neu aufeinander einstellen. Alles ändert sich. Ich ändere mich. Frauke ändert sich. Inzwischen aber kommen wir schon viel besser miteinander klar, doch immer noch haben wir beide einiges voneinander und miteinander zu lernen. Manchmal taste ich mich vorsichtig vor: was darf ich, was darf ich nicht. Zum Beispiel, darf ich nun auf Fraukes Bett oder nicht? Das ist für uns inzwischen zu einer Prestigefrage geworden. Einmal, als die Gelegenheit günstig war, bin ich auf ihre Schlafstatt gesprungen, habe mich darauf genau in die Mitte gesetzt und mich dabei gefühlt wie der König der Löwen.

Frauke jedoch war von meiner Besitzergreifung nicht besonders begeistert. Sie wollte sich nämlich gerade selbst hinlegen. Wie aber sollte sie unter die Decke kommen, wenn ich so selbstherrlich darauf thronte? Als sie mich dabei einfach runter schubsen wollte, bin ich fuchsteufelswild geworden und habe gleich nach ihr geschnappt. Also, wegschubsen - das hat sie dabei gelernt - lasse ich mich von niemand, auch nicht von ihr! Da hat sie mich dann ganz kläglich angestarrt, als wollte sie sagen, nun komm schon, das ist doch mein Bett. Aber es hat ihr nichts genützt. Ich habe einfach zurückgestarrt und mich nicht von der Stelle gerührt. Da kam sie auf die miese Idee, mir die Leine anzulegen, und gegen eine Leine - das habe ich ja in früheren leidvollen Jahren erlebt - nützt kein Wi-

27

derstand. Da bin ich ganz artig vom Bett herunter gesprungen, und die Liege gehörte wieder Frauke.

Jetzt kommt sicher von einigen Leuten der Ein-
wand, dass ein Hund doch sowieso nicht in das Bett
seines Frauchens oder Herrchens gehört. Mag ja sein,
daran aber halten sich wohl die wenigsten Hundehalter und noch weniger die Hunde. Die oberste Herr-
scherin des Tierheims kannte wohl ihre
Pappenheimer. Sie gab Frauke - nachdem sie ihr meine Papiere übergeben hatte – jedenfalls den Rat, mich
während der ersten zwei Wochen besser nicht in ihr
Bett zu lassen, denn da könnte ich noch irgendwelche
Keime aus dem Heim an mir haben. Komisch! Was für
Keime? Na, egal! Nach etwa vierzehn Tagen jedoch -
meinte die Leiterin - sei es nicht mehr von Bedeutung,
denn mit der Zeit würden sich die Keime von Hund
und Halter eh immer mehr angleichen. Und sollten
dabei einmal Flöhe auftauchen, dann wüsste sie ja,
was dagegen zu tun sei.

Entsprechend dieser blöden Ansprache war Fraukes Bett also für mich anfangs völlig tabu. Doch schon
nach wenigen Tagen hatte ich das Gefühl, dass mir
inzwischen ein fester Platz in ihrer Bettstatt zustände.
Schließlich muss ich ihr ja gerade nachts möglichst
nahe sein, damit ich sie im Notfall vor bösen Räubern
schützen kann. Na ja, es ist nicht so, als hätte sie mir
keine eigene Poofe gegönnt. Im Gegenteil, die gute
Ledercouch im Wohnzimmer gehörte vom ersten Tag
an mir ganz allein. Da würde sich sonst eh' niemand
mehr drauf setzen, hatte Frauke zu verstehen gegeben. Außerdem steht mir im Wohnzimmer und im Arbeitszimmer je ein Sessel zur Verfügung. Und

natürlich befindet sich in ihrem Schlafraum unter einem Tischchen - durch eine Decke gut abgeschirmt - ein ganz famoses Hundekörbchen, das mir niemand streitig macht. Doch mit der Zeit habe ich Frauke soweit gebracht, dass sie mir auch in ihrem Bett für den Notfall wenigstens einen kleinen Platz frei hält. Wenn es mir also nachts irgendwann unheimlich wird - denn auch Hunde können mal Angst haben – kann ich mich getrost bei meiner Herrin ankuscheln. Hin und wieder aber ziehe ich es vor, während der Nacht mal neben, hinter oder unter ihrer Liege zu schlafen. Mir bleiben also wirklich große Freiräume, wenn es ums Schlafen geht. Überhaupt kann ich mich in der ganzen Wohnung frei bewegen, alle Türen stehen jederzeit offen. Im Allgemeinen aber versuche ich, Frauke möglichst immer im Blick zu haben. Schließlich muss ich ja kontrollieren, was sie so treibt. Also wandere ich manchmal von Zimmer zu Zimmer hinter ihr her. Nur in die Küche folge ich ihr nicht gern, da schrecken mich die kalten Fliesen ab, da beobachte ich sie lieber vom Korridor aus.

Manchmal merkt Frauke gar nicht, dass ich ihr bereits gefolgt bin und wähnt mich noch schlafend in meinem Körbchen. Dabei halte ich mich nur bescheiden in irgendeinem Winkel zurück, von dem aus ich sie aber weiterhin uneingeschränkt beobachten kann. Und erst, wenn Frauke mich nachdrücklich ruft, komme ich aus meinem Versteck heraus. Meine Herrin wundert sich oft darüber, dass ich diese „Scheu", wie sie es nennt, bis heute nicht aufgegeben habe. Weiß sie denn nicht, dass ich mich in meinem früheren Leben oft nur durch bewusstes Abstandhalten davor schützen konnte, dass man mir – beabsichtigt oder nicht - auf die Füße trampelte oder mir aus einer bösen Laune heraus einen Tritt in den Hintern verpasste? Inzwischen aber laufe ich - wenn Frauke mich ruft - freudig zu ihr, lege mich erwartungsvoll auf die Seite und lasse mich mit Wonne von ihr streicheln - vom Hals über den Bauch bis zu den Füßen. Dabei ist es noch gar nicht so lange her, dass ich niemandem erlaubt habe, an meinem Kopf, meinem Bauch oder gar an meinen Beinen herumzufummeln.

Also, es ist ja nicht so, dass Frauke noch keine Erfahrung mit Hunden gehabt hätte. Da hat es doch vor Jahren schon einen kleinen „Nicki" in ihrer Familie gegeben. Scheint ein nettes Kerlchen gewesen zu sein, eine schwarz-braune Promenadenmischung mit weißen Pfoten, glattem Fell und etwas längeren Beinen als ich sie habe. Woher ich das weiß? Nun, in Fraukes Wohnung hängt noch ein Foto von ihm, und darauf schaut mich der Bursche richtig lieb an. Alles was Recht ist. Ich glaube, wir hätten gute Freunde werden können, obwohl er scheinbar ganz anders war als ich es bin.

Dieser Nicki muss sehr pflegeleicht gewesen sein, aber auch sehr freiheitsliebend. Wenn ihn der Drang überkam, soll er einfach ein Loch unterm Gartenzaun gegraben und sich dann stundenlang in der Gegend herum getrieben haben. Kein Wunder, dass er dort bald so bekannt war wie der sprichwörtliche „Bunte Hund", vor allem, weil er dabei ständig hinter den Hunde-Weibern her rannte.

Also für mich wäre das nichts gewesen. Ich war ja in meinem früheren Leben auch nicht gewöhnt, über-

30

haupt mal ohne Leine zu laufen, und für Hündinnen speziell habe ich mich eigentlich nie interessiert. Da hat wahrscheinlich der Tierarzt schon frühzeitig in irgendeiner Form nachgeholfen. Na und, was soll`s?

An dem kleinen Flitzer jedenfalls müssen Frauke und ihre Familie wohl sehr gehangen haben. Als der mit 14 Jahren gestorben ist, war ihre Trauer jedenfalls so groß, dass sie schon deshalb keinen neuen Hund mehr anschaffen wollten, einfach aus Angst vor einem neuen Verlust. Doch seit Fraukes Partner nicht mehr lebte und sie sich plötzlich so allein fühlte, hat sie sich in meinem Tierheim umgesehen und mich dort ausgesucht, damit ich ihr Gesellschaft leiste. Na, ob ich es schaffe, ihre Erwartungen zu erfüllen? Also, anpassungsfähig bin ich durchaus. Das hat Frauke jedenfalls schon festgestellt. Will sie noch mehr von mir? Dann soll sie das selbst sagen. Sie hat ja eine eigene Stimme.

Wie ich zu Flexi kam

Hallo, und guten Tag auch!
Ich glaube, es wird Zeit, dass ich mich nun selbst in die Erzählung einschalte und mich mal vorstelle: Also, ich bin Flexis Frauchen. Ach, Quatsch – „Frauchen" hört sich so doof an, ich bin einfach „Frauke", Flexis Frauke. Flexi hat ja schon davon erzählt, dass ich ihn bereits nach kurzem Aufenthalt im Tierheim dort herausgeholt und zu mir nach Hause genommen habe.

Es stimmt, ich hatte mich wirklich sehr einsam gefühlt, nachdem mein Mann gestorben war. Schließlich haben wir 60 Jahre lang zusammen gelebt, waren im Laufe der Zeit buchstäblich zusammen gewachsen. Und nun war ich plötzlich allein. Aus diesem Gefühl heraus hatte ich kurz nach seinem Tod in einem Gedicht geschrieben:

Komm
mein kleines Hündchen
bleib dicht bei mir
damit dein warmes
weiches Fell mich tröstet
Er ist nicht mehr da

Ja, einen Hund wünschte mir, einen Hund, mit dem ich kuscheln könnte. Zunächst aber war das nur ein Wunschbild, denn durfte ich es verantworten, mir in meinem Alter noch ein Haustier anzuschaffen? Früher – wenn ich daran denke - da hatten wir 14 Jahre lang den süßen Nicki, einen richtigen kleinen Stromer. Und es war eine tolle Zeit mit ihm, ganz ohne Probleme. Doch als Nicki nicht mehr lebte, wollten wir - mein

Mann und ich - uns keinen neuen Hund anschaffen, aus Angst davor, ihn mit zunehmendem Alter nicht mehr angemessen versorgen zu können. Und diese Furcht quälte mich auch jetzt. Wer wird sich denn um das Tier kümmern, wenn mir etwas zustoßen sollte oder ich nicht mehr da bin? Womöglich endet so ein armes Kerlchen schließlich im Tierheim. Dann aber verbrachte ich die Weihnachtstage in Stralsund bei Lara, in deren Familie ein großer italienischer Hirtenhund – ein Bergamasker – herumwuselt. Ich fand es herrlich, diesen „Birbo" mit seinen typischen Wuschelhaaren und seinem freundlichen Wesen so hautnah erleben zu können. Von da an dachte ich nur noch daran, wie schön es wäre, wenn ich wieder einen Hund hätte, und dieser Gedanken ließ mich nicht mehr los.

Einige Freunde aber rieten mir von diesem Vorhaben dringend davon ab.

„Was, in deinem Alter willst du dir noch einen Hund anschaffen? Du hast dann die volle Verantwortung für so ein Tier, musst täglich mit ihm rausgehen, sein Futter zubereiten, die Zecken aus seinem Fell ziehen, ständig mit ihm zum Tierarzt rennen und dein ganzes bisheriges Leben auf den Kopf stellen. Und überhaupt, so ein Tier kostet auch `ne ganze Menge. Nicht nur das Futter- und die nötigen Arztbesuche, auch Hundesteuer und Versicherung können ganz schön ins Geld gehen. Und dann willst du dir auch noch ein älteres Tier anschaffen, das vielleicht schon allerlei Macken und Krankheiten mitbringt. Ob das gut gehen kann? Überleg es dir lieber noch mal!"

Okay, ich habe mir das alles durch den Kopf gehen lassen und bin immer noch entschlossen, mir meinen Traum zu erfüllen. Nur die Sorge darum, was mit dem Tier geschieht, wenn mir etwas passiert, ließ mich noch zögern. Doch Lara riet mir, mal in meinem Wohnumfeld nachzufragen, ob jemand dort bereit wäre, im Notfall die Betreuung deines neuen Zöglings zu übernehmen. Und tatsächlich hat eine Nachbarin - deren kleiner Terrier kürzlich verstorben war - zugesagt, dass sie dann gern als Hunde-Patin einspringen würde, und die Aussicht darauf schien sie geradezu glücklich zu machen. Na, ich hoffe nur, dass dieser Fall der Fälle nicht so schnell eintreten wird. Jedenfalls konnte ich mich nun ohne Gewissensbisse darum kümmern, einen passenden Vierbeiner für mich zu suchen. Er sollte jedoch nicht zu jung, nicht zu groß und nicht zu stürmisch sein, damit ich - trotz meines Alters – noch gut mit ihm zurechtkomme.

Ja, und dann habe ich alle möglichen Tierheime per Internet angezapft auf der Suche nach einem entsprechenden Tier. Allein, die seniorengerechten älteren kleinen Hunde waren entweder bereits vergeben oder nicht vorhanden. Aber ich gab die Hoffnung nicht auf. So musste ich also Geduld haben und warten. Irgendwann müsste doch irgendwo ein passendes Kerlchen für mich auftauchen. Und siehe da, Anna - meine gute Anna - die eifrig mitgesucht hatte, wurde eines Tages auf der Website eines Tierheims ganz in meiner Nähe fündig.

Da gab es ein Foto von einem kleinen mageren Kerlchen mit langen, dürren Beinen, der irgendwie pfiffig aussah, von dessen Fell nur einzelne wild abstehende

Haare andeuteten, dass ihn früher mal eine üppigere Lockenpracht geziert haben musste. Der Text zu dem Bild jedoch wirkte viel versprechend:

„Rex" stand da, „ist ein robuster Pudelmischling. Der Kleine wurde am Heiligen Abend in einem sehr schlechten Pflegezustand abgegeben und kam schon kurz nach seiner Ankunft in die Hände unserer tollen Hundefriseuse. Die verwandelte ihn direkt in einen hübschen und wohl duftenden kleinen Kerl. Rex ist ein aufmerksamer und witziger Kobold, verträglich mit anderen Hunden, neigt aber zur Eifersucht."

Anna war zunächst allein zum Tierheim gefahren, um den derart Angepriesenen vorweg schon mal zu begutachten. Als wir uns dann gemeinsam auf den Weg zum Heim machten, warnte sie mich: "Erwarte nur nicht zu viel von dem kleinen Rex, er ist nämlich im Grunde potthässlich, aber er hat ein liebes Gesicht."

Das stimmte auch. Mit seinem fast kahl geschorenen Körper wirkte er geradezu mitleiderregend, doch irgendwie auch rührend mit dem aufmerksamen Blick seiner dunklen Augen, der niedlichen Stupsnase - auf der nicht ein einziges Haar mehr wuchs - und dem ach so harmlos wirkendem Mäulchen darunter.

Schon auf den ersten Blick weckte er alle Beschützerinstinkte in mir, denn offensichtlich hatte dieses Kerlchen bisher wohl kein gutes Zuhause gehabt. Allerdings gab er sich - als ich das erste Mal mit ihm im Wäldchen hinter dem Tierheim spazieren ging - sehr zurückhaltend, und auch bei meinem zweiten Besuch schien er mir fast zu ruhig, zu wenig temperamentvoll, zu uninteressiert an allem um ihn herum. Das einzige, was er ausgiebig tat, war Schnüffeln: an jedem Baum, an jedem Strauch, an jedem kleinsten Erdhügel. Doch beim dritten Treffen sprang er bereits an mir hoch und freute sich sichtlich, mich wiederzusehen. Da stand für mich fest, dass ich ihn zu mir holen würde.

Die Voraussetzungen für unsere künftige gemeinsame Lebensgemeinschaft - fand ich - waren durchaus gut. Mein auserwähltes Hündchen in seinem achten Lebensjahr und ich in meinen Achtzigern - das passte doch. Beide hatten wir bereits unsere Wehwehchen, unsere Marotten, unsere Altersschwächen. Und mit ein wenig Glück, dachte ich, wird er wohl so lange halten wie ich und ich im Gegenzug so lange wie er. Na ja – Wunschträume eben! Aber die braucht man halt manchmal!

Am liebsten hätte ich das Hundl gleich mitgenommen. Alles, was mein neuer Hausbewohner so brauchte, habe ich noch am selben Tag besorgt: ein wunderschönes Hundebettchen, dann einen Brustgurt mit Leine, einen Fressnapf, sowie jede Menge Futtervorräte und einige wohl unentbehrliche Leckereien. Natürlich hatte ich auch an ein warmes Mäntelchen gedacht, damit der kleine Bursche, dem man ja das Fell so radikal abrasiert hatte, bei diesem kalten Winterwetter nicht frieren musste. Der Tierarzt jedoch, der meinen „Auserwählten" im Auftrag des Heims untersucht hatte, wollte noch ein erbsengroßes Gewächs aus seinem rechten Ohr entfernen, um zu prüfen, was dahinter steckt. Tage voller Bangen folgten. Ist die Operation gut verlaufen? Ist nichts Bösartiges dabei herauskommen? Heilt die Wunde richtig ab? Wird der Kleine die Prozedur ohne Schaden überstehen? Ängste über Ängste! Fragen über Fragen!

Während der folgenden Tage bin ich voller Sorge ständig zum Tierheim gefahren, um nach ihm zu sehen und mit ihm eine Runde durchs anliegende Wäldchen zu ziehen. Dann - nach einer Woche, die sich endlos hinzog - lag ein positiver Bescheid vor, und nun gab es keinen Grund mehr, das Tier länger im Heim zu lassen. Als ich mein neues Familienmitglied abholen wollte, versuchte eine Helferin vergebens, ihm sein neues Brustgeschirr anzulegen. Wutschnaubend biss er dabei um sich. Zu mir jedoch schien er schon ein wenig Vertrauen gefasst zu haben. Nachdem ich beruhigend auf ihn eingeredet hatte, ließ er sich von mir bereitwillig den Gurt umlegen. Und er machte auch keine Zicken, als ich ihn anschließend zu meinem Auto führte und mit ihm zu der Wohnung fuhr, die von jetzt ab unser gemeinsames Zuhause sein würde.

Also, ich freute mich riesig auf meinen neuen Hausgenossen und war mir sicher, dass er mit sich der Zeit zu einem ganz tollen Hund entwickeln würde. Dabei hoffte ich sehr, dass der kleine Kerl seine wahrscheinlich weniger guten Erfahrungen mit seinen früheren Besitzern bald vergessen würde. Natürlich bin ich mir nicht sicher, ob in seiner Vergangenheit alles wirklich so verlaufen ist, wie er es mir seither in seinem Hundekauderwelsch erzählt hat, oder ob ich mit meiner Fantasie da manches hineindichte. Das ist aber letzten Endes nicht so entscheidend. Wichtig ist allein, was wir beide jetzt aus seinem, aus unserem gemeinsamen Leben, machen.

Wie aus Rex mein Flexi wurde

Dass ich den alten Rex in „Flexi" umbenannt habe, hat mein kleiner Freund von Anfang an problemlos akzeptiert. Seinem neuen Namen entsprechend hat er sich auch wirklich recht flexibel seiner neuen Umgebung angepasst. Und wie sehr er sich auf mich einstellt, und wie vertrauensvoll er sich mir gegenüber öffnet, das berührt mich zutiefst.

So kam ich auch recht bald mit ihm klar, denn ganz ohne Hunde-Erfahrung war ich ja nicht. Doch zwischen meinem früheren quirligen Hund Nicki und diesem so vorsichtig agierendem Flexi gibt es durchaus einige Unterschiede. Vor allem war Nicki ein Frühaufsteher, Flexi dagegen schläft gern lange. Manchmal wundere ich mich, dass er nicht gleich angeschossen kommt, wenn ich mich zum Frühstück niederlasse und auch ihm sein Futter hinstelle. Ich weiß dann oft nicht einmal, in welcher Ecke er steckt, bis ich merke, dass er sich ganz in der Nähe aufhält und mich sorgfältig beobachtet. Dabei kommt er mir manchmal vor wie ein schüchternes kleines Mädchen. Scheinbar hat er wohl doch viel Negatives erlebt, dass er eine so totale Zurückhaltung übt. Er will auf keinen Fall aufdringlich sein und hält sich deshalb dezent zurück, bis ich ihn rufe. Dann aber flitzt er schweifwedelnd an, obwohl er meist nicht gerade versessen ist aufs Fressen. Dazu muss ich ihn oft erst überreden. Wenn es aber heißt „Spazierengehen", überschlägt sich Flexi geradezu vor Freude, wirft voll Übermut seinen kleinen Pudi in die Luft, jagt mit ihm ein paar Mal völlig überdreht durch den Raum, und verabschiedet sich dann auf diese

Weise ebenso überschwänglich von ihm. Überhaupt, der Pudi scheint sein bester Freund zu sein.

Jedes Mal, wenn Besuch kommt, holt Flexi seinen Liebling hervor und hält ihn als Zeichen der Freundschaft dem Gast entgegen. Ja, seinen Pudi liebt er sehr. Aber auch sein Hotti und seine Pipinella zeigt er gern den Besuchern, um sie von ihnen bewundern zu lassen. Mit Bällen dagegen hat er nichts im Sinn. Am liebsten möchte er, dass alle Leute mit ihm „Pudi-Abjagen" spielen. Mir geht dabei leicht die Puste aus. Flexi aber kann von solchen wilden Spielen nie genug kriegen.

In letzter Zeit hat mein Kleiner sich was Neues für mich einfallen lassen: Sobald er merkt, dass ich mich abends bettfertig mache, trägt er heimlich seinen Pudi in mein Schlafzimmer und legt ihn auf mein Kopfkissen. Wenn das nicht von echter Liebe zeugt! Manchmal – wenn ich allzu lange im Bad verbringe - kann es sein, dass ich neben seinem Pudi auch noch sein Hotti und vielleicht noch dazu die schwarze Pipinella in meinem Bett wieder finde. Was mag sich Flexi dabei denken, wenn er mein Kopfkissen derart liebevoll dekoriert? Ich fühle mich immer ein wenig verlegen bei diesem Anblick. Inzwischen vergeht für mich keine Nacht mehr, ohne dass ich mein Bett mit einem oder gleich mehreren von Flexis Lieblingen teilen muss.

Dieser kleine Irrwisch. Schon nach kurzer Zeit ist er mir völlig ans Herz gewachsen. Er wirkt so anmutig, wenn er läuft. Während unser alter Nicki in seinem früheren Leben wohl ein echter Gigolo war, muss Flexi eher ein Tänzer gewesen sein, so graziös tänzelt er auf seinen schlanken Beinen daher. Auch sein Äußeres ist inzwischen viel ansprechender geworden. Sein Fell ist geradezu erstaunlich schnell nachgewachsen. Schön schwarz und lockig sieht es jetzt aus, und es fühlt sich ganz seidig an. Kein Wunder! Er wird ja auch jeden Tag gebürstet. Sogar auf der Nase sprießen wieder einige Haare. Selbst die wunden Stellen unter seinen Beinen heilen langsam ab und machen einem zarten Haarflaum Platz. Nachbarn, die ihn in den ersten Tagen gesehen haben, sind überrascht darüber, was für ein hübscher Kerl aus ihm geworden ist. Und wenn er die Leute mit seinem lieben Kindergesicht und seinen schwarzen Knopfaugen anschaut, dann schmelzen sie richtig dahin. Jeder möchte ihn knubbeln, was er mit Wonne genießt. Und ich, ach, ich bin inzwischen mächtig stolz auf ihn.

Einige Monate sind inzwischen vergangen, und es ist so viel passiert, und es gibt so viel über meinen neuen Kumpanen zu berichten. Ich hatte auch bereits angefangen, ein Flexi-Tagebuch zu führen, doch vor lauter „Hund" bin ich gar nicht mehr dazu gekommen, daran weiter zu schreiben. Tagsüber fordert der kleine Bursche mich voll und ganz. Genau sechs Wochen, nachdem er das Tierheim verlassen hatte, kam der Abmachung gemäß seine ehemalige Pflegerin Tanja vorbei, um sich davon zu überzeugen, wie es ihrem alten „Sorgenkind" inzwischen geht, und ob es sich gut bei mir eingewöhnt hat. Sie hat ihren alten „Rex" kaum wieder erkannt, so prima sah er inzwischen aus mit seinen prächtig nachgewachsenem Fell. Und so liebevoll benahm er sich seiner früheren Pflegerin gegenüber. Keine Spur war mehr erkennbar von seiner alten Beisswut. Tanja war richtig hingerissen von diesem so milde gewordenen „Flexi". Er erschien ihr wie verwandelt, wie ein ganz neuer Hund! Und natürlich nahm sie jede Menge Fotos von ihm auf, die sie voller Stolz ihren Kolleginnen im Tierheim zeigen wollte.

Nach diesem Besuch kreisten meine Gedanken über die vergangenen Wochen. Ja, plötzlich einen so süßen Kerl wie Flexi zu besitzen, ist, wie ein großes Los gewonnen zu haben. Er ist wirklich sehr aufmerksam und weiß sehr gut, was ich von ihm erwarte. Und so liebebedürftig ist er inzwischen, so verschmust wie ein junger Kater. Doch in mancher Hinsicht war - vor allem in der Anfangszeit - beim Umgang mit ihm auch Vorsicht geboten. Wenn man ihn „falsch" anfasste, konnte er durchaus schon mal blitzschnell zuschnappen, ohne vorher zu warnen. Während der ersten Wochen habe selbst ich so manche Bisswunde davon getragen. Das aber habe ich dem kleinen Wildfang nicht wirklich übel genommen. Er musste ja auch zu mir erst einmal Vertrauen fassen. Wer weiß, was er in seinem früheren Leben alles erlebt hat!

Seine Augen jedoch verraten viel von ihm. Ja, er spricht geradezu mit seinen Augen, sucht ständig den Blickkontakt mit mir, kann sich in mich hineinversetzen, erkennt, ob es mir gut geht oder ob ich Kummer habe und getröstet werden möchte. Seine Augen sagen mir aber auch, was er denkt, was er gerade braucht, sei es, dass er gestreichelt werden will, dass er Hunger hat, dass er mal dringend nach draußen muss. In unserer Kommunikation gibt es nur wenige Grenzen. Ich glaube, auch andere Hundehalter machen diese Erfahrungen. Ist das albern? Ist das Wunschdenken? Ach, was soll's! Wir – die Frauchen und Herrchen – sehen unsere Beziehungen zu unseren klugen Vierbeinern nun mal so.

Anfangs, ja, da sprang mein Flexi mir noch oft auf den Schoß, wollte mir ganz nah sein. Inzwischen braucht er diese direkte Bindung wohl nicht mehr so sehr. Dafür sucht er sich jetzt gern unsere Besucher oder Besucherinnen aus, die er mit dieser Zutraulichkeit beglückt. Wenn die Typen jedoch merken, dass er inzwischen andere Opfer mit seiner Charmeoffensive becirct, dann reagieren sie leicht enttäuscht. Ich gebe zu, es ist mir zunächst auch so ergangen, doch dann habe ich mir gedacht, dass so ein Verhalten wohl durchaus hunde- oder zumindest Flexi-typisch ist. Eines aber hält Flexi bei: Wenn er noch so wild mit anderen Zweibeinern in unserer Wohnung herumtollt, sobald ich den Raum verlasse, hört er auf, mit denen zu toben und läuft mir nach.

Er folgt mir auch gern auf die Toilette, denn er hat schnell begriffen, dass ich während meiner Sitzungen dort Zeit habe, ihn zu streicheln, und dass die Länge meiner Arme von diesem Thron aus problemlos bis zu seinem Nacken reichen, ohne dass ich mich dafür extra bücken muss.

Inzwischen ist Flexi völlig auf mich fixiert und will stets in meiner Nähe sein. Sitze ich am Frühstücksplatz, liegt er zu meinen Füßen unterm Tisch. Hocke ich vor dem Computer, rollt er sich gottergeben auf dem Hocker neben dem Schreibtisch ein, auch wenn er sich dabei offensichtlich schrecklich langweilt, so wie gerade in diesem Moment, da ich diese Zeilen schreibe. Doch nun fängt er tatsächlich an, mit seinem Kopf gegen mein Bein zu stoßen, was wohl heißen soll: „He, ich bin auch noch da, beschäftige dich mal mit mir!"

Recht hat er ja! Wenn man schon einen Hund hat, muss man sich auch um ihn kümmern. Ich werde also jetzt eine Schreibpause einlegen, mit Flexi einen Spaziergang machen und anschließen für uns beide etwas zum Futtern vorbereiten.
Also, tschüss für heute. Ich melde mich dann später noch mal.

Vom Vampir zum Kuscheltier

Hallo, hier ist wieder der liebe Flexi.

Mann o Mann, was Frauke wieder alles über mich erzählt hat! Ach, lass sie doch, wenn es ihr Spaß macht. Sie hat eben ihre eigene Sicht der Dinge.

In einem aber muss ich Frauke recht geben: So sehr ich sie mag, so dröge läuft auch manchmal die Zeit bei ihr ab. Da sitzt sie oft stundenlang vor so einem flirrenden Kasten und haut dabei auf so weiße Tasten ein. Boh, öde, sag ich euch! Manchmal könnte ich echt kotzen dabei. Und ihre Sitzungen dort finden immer öfter statt und werden immer länger. Und mir bleibt nichts anderes übrig, als zusammengerollt neben ihr auf dem Hocker zu brüten und zu dösen. Den Raum einfach verlassen, das kann ich ja nicht. Wie soll ich denn dann auf Frauke aufpassen? Ich muss sie doch ständig im Auge behalten. Heute ist auch wieder so ein Tag, der sich so schrecklich in die Länge zieht.

Na, jetzt reicht's mir aber! Ich lasse meinen Blick durch ihr Arbeitszimmer streichen. Da entdecke ich zum ersten Mal bewusst den hohen Stuhl, der so einladend neben einem kleinen Tisch vor dem Fenster steht. Also, wenn das nicht der richtige Sitz für mich ist! Mein Entschluss steht fest, ich werde mir diesen Platz erobern. Frauke wird's kaum merken. Sie hat ja ohnehin nur noch Augen für ihren komischen Kasten, den sie unbeirrt und wie besessen anstarrt.

O je, schwierig wird's schon, auf den Stuhl zu kommen, weil er so dicht vor dem kleinen Tisch steht. Da kann ich gar nicht richtig Anlauf nehmen. Doch beim dritten Versuch schaffe ich es und lande mit einigem Getöse auf diesem Sessel, der zunächst ganz komisch auf seinen gebogenen Füßen mit mir hin und her wippt. Dann aber kann ich mich befriedigt in seine weichen Kissen kuscheln und mich sanft schaukeln lassen.

Was für einen tollen Überblick ich von hier über den Raum habe! Hoffentlich hat Frauke nicht bemerkt, wie hoch ich nun über ihr throne.

Doch, sie hat meinen Umzug mitbekommen. Hat ja auch einigen Krach gemacht, als ich hier raufgesprungen bin. Wird sie mich nun gleich wieder aus diesem schaukelnden Stuhl vertreiben? Aber nein, sie hat wohl ein schlechtes Gewissen. Jedenfalls kümmert sie sich nun ganz lieb um mich. Dafür werde ich ihr heute Abend wieder – wie überhaupt in letzter Zeit - meinen Pudi oder mein Hotti, vielleicht auch noch meine Pipinella auf ihr Kopfkissen legen. Ich glaube, da freut sie sich drüber. Sie hat dann immer so ein komisches Grinsen im Gesicht, wenn sie meine Lieblinge in ihrem Bett entdeckt. Nein, mich drapiere ich nicht gleich daneben, damit warte ich inzwischen lieber, bis sie selbst in ihren Kissen liegt.

Also, wenn ich mir überlege, dass ich jetzt schon eine ganze Weile mit Frauke zusammen bin! Du meine Güte, was für einem Zeit! Dabei plätschert das Leben so ruhig dahin. Viermal am Tag geht meine Herrin mit mir spazieren - ins nahegelegene Wäldchen, Richtung

Bach oder Schrebergartenanlage oder durch die Gassen unseres Viertel an schönen bunten Vorgärten vorbei. Und überall - an allen Ecken, Sträuchern und Laternen - treibt mir der Geruch der unterschiedlichsten Artgenossen entgegen. Ein wahres Fest für meine Schnüffelnase.

Bevor wir aber rauskommen in die schöne Natur, muss ich mich zunächst arg in Geduld üben. Frauke ist nämlich äußert vergesslich. Mal sucht sie meine Leine, mal weiß sie nicht, wo sie den Wohnungsschlüssel hingelegt hat, dann fällt ihr ein, dass sie noch neue Hundetüten für meine kostbare Hinterlassenschaft einstecken muss, und ich, ach ich stehe die ganze Zeit ausgehfertig, aber ruhig vor der Tür. Schließlich bin ich ein echt geduldiges Viech geworden. Ich winsele nicht, ich belle nicht, ich drehe mich nicht nervös im Kreis herum, ich springe Frauke nicht an. Warum auch? Ich weiß ja, irgendwann kommen wir doch raus. Kaum aber stehen wir im Hausflur, da bemerkt Frauke, dass sie zum Ausgehen die falsche Brille auf hat. Also muss sie noch mal rein. Und welch ein Glück, nun ist es tatsächlich soweit – wir können endlich unsere Runden ziehen.

Hat Frauke nun auch wirklich nichts mehr vergessen? Doch, kaum stehen wir auf der Straße, da bemerkt sie, dass sie ihr Handy nicht dabei hat. Von ihren Lieben hat sie doch strenge Anweisung erhalten, nie mehr ohne Handy rauszugehen. Es könnte unterwegs ja immer mal was passieren. So'n Quatsch! Ich bin doch bei ihr und werde sie im Notfall schon beschützen. Frauke aber denkt, sicher ist sicher und holt ihr Handy, das sie eh' nie braucht. Wie sagt Lara bei solchen Gelegenheiten immer? „Des Menschen Wille ist sein Himmelreich!" Also lasse ich Frauke nach ihrem Willen selig werden und übe mich weiterhin einfach in Geduld.

Doch, ja, doch, trotz allem, es ist eine wirklich gute Zeit, die ich mit Frauke hier habe! Ohne Frage - kein Vergleich zu meinem früheren Leben! Da nehme ich auch gern in Kauf, dass manche Tage durchaus ein wenig öde verlaufen. Trotzdem, der Beginn unserer Partnerschaft war nicht so einfach, wie wir beide uns das gedacht hatten. Es dauerte schon eine ganze Weile, bis wir als echtes Team reagieren konnten. Ich selbst steckte ja auf Grund so manch schlechter Erfahrung noch voller Ängste und hatte kaum mehr Vertrauen zu den Menschen. Wenn mir zum Beispiel ein Mann mit einem Stock, einer Schüppe oder Ähnlichem begegnete, duckte ich mich oder ging gleich zum Angriff über und versuchte, ihn mit Bellen und Beißen in die Flucht zu jagen, nach dem Motto „Angriff ist die beste Verteidigung". Vor Frauen dagegen habe ich mich weniger gefürchtet, darum war ich ihnen gegenüber meist verträglicher.

Anfangs aber - während unserer ersten gemeinsamen Wochen - hatte selbst Frauke so manche Bisswunde von mir erleiden müssen. Einmal zum Beispiel hat sie mir ein Leckerli gegeben, das ich zunächst vor meinen Pfoten liegen ließ, weil ich es noch nicht genügend ausgeschnüffelt hatte. Frauke aber war so unvorsichtig und wollte es mir wieder wegnehmen. Da habe ich gleich nach ihren Fingern geschnappt. Huhii, hat sie da aufgeschrien! Als ich danach wieder einmal ein Leckerchen zunächst liegen ließ, da wollte sie ganz schlau sein und es mit dem Fuß weiter schieben. Schwupp, hatte ich meine spitzen Zähne in ihre große Zehe eingegraben. Junge, hat das geblutet! Trotzdem! Einige Tage später, da habe ich wieder nach ihrer Hand geschnappt, weil sie meinen Kopf streicheln wollte, während ich friedlich dösend in meinem Körbchen lag.

„So was tut man auch nicht", klärte die Tierärztin Frauke auf, nachdem sie mich bei ihr verpetzt hatte. „Wenn ein Hund sich in seinen Bereich zurückgezogen hat, will er seine Ruhe haben und nicht gestört werden."
So'n Quatsch! Inzwischen darf Frauke mich nämlich zu jeder Tag- und Nachtzeit kraulen, selbst dann, wenn ich – wo auch immer - im tiefsten Schlaf liege.

Na ja, es war nur gut, dass Frauke anfangs wenigstens stets genügend Pflaster im Haus hatte. Einmal jedoch nutzten ihr nicht einmal die dicksten Verbände. Das war, als ich mich mit dem riesigen Köter eines Nachbarn wie wahnsinnig durch die Gitter seines Gartentors gekebbelt habe. Also, da war ich richtig in Rage, und als Frauke mich am Halsband dort wegziehen wollte, hab ich hemmungslos in ihre Hand gebissen. Junge, da habe ich wohl etwas zu feste zugepackt! Ihre Hand hat dabei verdammt ordentlich was abgekriegt. Wie konnte Frauke aber auch so dumm sein, einzugreifen, wenn zwei wackere Rüden ihre Kämpfe austragen! Da hat sie wirklich noch einiges zu lernen! Die Wunde jedenfalls, die sie sich bei dieser Rauferei zugezogen hat, hat sich wohl schwer entzündet und musste ewig lange behandelt werden. Der armen Frauke war das richtig peinlich, weil sie mich doch vorher noch bei ihrer Ärztin so gelobt hatte, wie lieb ich wäre. Aber die gute Tante Doktor hat ihr dann erzählt, ihrem Mann sei dasselbe passiert, als auch er mal bei einer Käbbelei seines Hundes eingegriffen hat. Das hat Frauke wieder einigermaßen getröstet. Auf jeden Fall wird sie diese Lektion wohl nie mehr vergessen.

Wann immer ich jedoch Frauke angeknurrt oder gar gebissen habe, nie hat sie mich dafür geschlagen. Sie hat mir nur jedes Mal mit ernster Stimme zu verstehen gegeben, dass sie das ganz, ganz böse fände und hat mich danach `ne ganze lange Weile hindurch nicht mehr beachtet. Das war für mich immer richtig hart und hat mir richtig wehgetan. Aber so habe auch ich meine Lektion gelernt! Inzwischen besitze ich wieder einigermaßen Vertrauen zu den Menschen - vor allem natürlich zu Frauke - und beiße nicht mehr gleich zu, wenn mir was nicht passt, sondern warne zunächst einmal mit leisem Grummeln. Danach einigen wir uns meist auf das Ende einer unangenehmen Prozedur oder wenigstens auf eine angemessene Pause dabei, zum Beispiel beim eisernen Fellbürsten. So kommen wir jetzt gut miteinander aus.

Inzwischen verstehe ich auch fast alles, was Frauke mir sagen will, ohne große Worte. Ich kenne ihre Gewohnheiten, ihre Vorlieben. Wenn sie zum Beispiel abends den Fernseher ausmacht, dann laufe ich gleich in unser gemeinsames Schlafzimmer und lege mich in mein Körbchen gegenüber ihrem Bett, weil ich weiß, dass nun auch Frauke bald in ihre Koje gehen wird. Manchmal aber – wenn ihr nicht gefällt, was der Bildschirm gerade bringt - geht sie noch spät in ihr Arbeitszimmer an ihren schwarzen Kasten. Dann springe ich gottergeben auf den Hocker neben ihr, lege meinen Kopf auf meine Pfoten und versuche zu schlafen. Denn stören darf ich Frauke bei ihrem Tippen nicht. Ich weiß ja inzwischen, dass sie in den schwarzen Kasten all das reintippt, was ich ihr im Laufe der Zeit von meinem früheren Leben erzählt habe oder was sie selbst mit mir erlebt hat.

Was jedoch Frauke manchmal ihren Freunden über mich berichtet - o Gott o Gott! Das glaubt ihr kaum! Denen sagt sie doch tatsächlich, ich wäre früher ein richtiger kleiner Vampir gewesen (was immer das sein soll). Heute dagegen sei ich ein wahres Kuscheltier. Und nun hat sie mir auch noch einen neuen Brustgurt gekauft, auf dem an beiden Seiten „Schmusebacke" steht. Igittigitt! Was sollen die Leute bloß von mir denken! Die müssen mich ja für so ein Weichei halten, das sich nicht einmal wehren kann. Wenn die also „Schmusebacke" lesen, haben sie einfach keinen Respekt mehr vor mir und trauen sich ohne weiteres, mich zu streicheln, selbst wenn sie mich noch gar nicht richtig kennen. Aber um ehrlich zu sein, soo schlecht finde ich das auch wieder nicht. Ich kuschle nun mal wirklich gerne und kann vom Streicheln nie genug kriegen.

Frauke weiß das natürlich. Sie denkt sich auch ständig neue Kosenamen für mich aus, zum Beispiel: „mein Kleiner", (na, so klein bin ich doch auch nicht) „Goldkäferchen", (ach, wie albern, was ist denn schon golden an mir?), oder „mein Lumpensäckle" (was immer das heißen soll?) Will sie mir damit schmeicheln? Das sind ja alles nur Worte. Doch was tut's! Ich tu ihr den Gefallen und höre auf jeden dieser Namen, wenn sie mich ruft. Meistens jedenfalls. Manchmal aber auch nicht. Inzwischen habe ich so meinen eigenen Kopf entwickelt. Also, wenn ich keinen Bock habe, mein Vormichhindösen zu beenden, dann höre ich einfach weg.

Im Notfall verfügt Frauke allerdings über ein unfehlbares Mittel, mit der sie meine Sturheit überlisten kann. Wenn sie nämlich in ihrem Sessel sitzt und singt:

„Liebchen, ach mein Liebchen
Ich habe dich so gern
Liebchen, ach mein Liebchen
du bist mein Morgenstern"

Also, dann hält mich nichts mehr in meiner Ecke, dann schmelze ich hin vor Wonne, kuschle mich zu ihren Füßen und lasse mich ganz entspannt vom Kopf bis zu den Zehenspitzen von ihr kraulen und halte ihr selbst mein Bäuchlein für weitere Streicheleinheiten hin. Wie eine Blume entfalte ich mich dann unter ihren Händen, meint Frauke, wie eine Blume, die von der Sonne beschienen wird. Soll wohl ein Kompliment sein, wie? Egal! Ich genieße es und möchte dabei am liebsten laut schnurren, wie die alte Mieze es oft getan hat, wenn sie gestreichelt wurde.

Ja, es stimmt schon, ich bin ein richtiges Schmusetier geworden.

Wenn Frauke aber beim Kraulen plötzlich anfängt, mir ein paar Äste aus meinem Fell zu zupfen, die sich beim letzten Strolchen durchs Gebüsch darin völlig verheddert haben, dann ist es aus mit der Gemütlichkeit. Dann rolle ich mich wieder zusammen, knurre leise warnend oder gehe nach Möglichkeit gleich stiften. Frauke weiß ja, dass ich so was hasse. Ist doch egal, ob sich da ein paar Dornenzweige oder irgendwelche klebrigen Kletten unter meinem Bauch festgehakt haben! Wen stört das schon? Mich nicht! Bei meinem dicken Fell spüre ich die ja kaum. Frauke aber denkt, das Grünzeug müsse auf jeden Fall raus. Ach ne! Wer hat nun recht, he? Wer? Frauke oder ich? Na ja, ich weiß schon, ich bin ja nur der Hund!

Frauke – meine Rudelführerin?

Wie bitte? Ihr meint, als braver Hund hätte ich gefälligst alles zu tun, was mein Frauchen - pardon - was Frauke von mir erwartet, sie wäre schließlich meine Rudelführerin?

Halt, Leute! Frauke und meine Rudelführerin? Also, das kann ich nicht bestätigen. Und da ich inzwischen schon länger bei ihr lebe, muss ich das ja wohl beurteilen können. Klar, Frauke ist eine umsichtige Betreuerin und meine beste - na sagen wir mal – meine gleichrangige Spielgefährtin. Doch wirklich, sie ist sehr gut zu mir - keine Schläge, keine Fußtritte, keine bösen Worte. Sie sorgt für mein Futter, geht mit mir Gassi, vergisst nie, mich zu betuddeln, und entsprechend hänge ich natürlich sehr an ihr. Sie ist schließlich die wichtigste Person in meinem Rudel. Ich werde auch immer in ihrer Nähe bleiben, auf sie achten und sie beschützen. Einer muss sich ja um sie kümmern. Ich weiß doch, dass sie mich braucht! Nicht umsonst erzählt sie allen Leuten, wie gut es ihr geht, seit ich bei ihr bin. Zugegeben, sie hat viel Herz und Verstand. Aber als Boss oder Rudelführerin ist sie einfach zu schwach, kann sich nicht durchsetzen. Das habe ich im Laufe der Zeit schon gemerkt.

Klar, nütze ich das inzwischen manchmal kaltschnäuzig aus. Wenn sie nach mir ruft, und ich keine Lust habe, mein Vormichhindösen zu beenden, dann lasse ich mich nicht einmal mit Leckerchen aus meiner Ecke hervorlocken. Ich brauche schließlich hin und wieder auch meine Pausen. Überhaupt verstehe ich eh' nicht, warum sie so oft nach mir ruft, selbst wenn sie nichts von mir will. Will sie dann nur wissen, wo ich bin? Komisch, wenn ich sie sehe, muss sie mich doch auch sehen. Hat wohl schlechte Augen, wie? Oder liegt es etwa daran, dass ich immer dasselbe schwarze Wams trage? Schwarz ist aber doch eine kräftige Farbe, wie kann man die denn eigentlich übersehen? Na ja, wie auch immer. Ich döse dann einfach weiter vor mich hin. Wenn mich dagegen die Anna ruft - die oft bei uns vorbei kommt, um „Hallo" zu sagen - ist das was anderes, da laufe ich gleich zu ihr hin, auch wenn mir klar ist, dass sie mich nur mal wieder besonders kräftig durchbürsten will. Von ihr lasse ich mir das zähneknirschend gefallen. Von Frauke dagegen nicht so sehr.

Trotzdem, Frauke kann ich nicht so leicht was vormachen. Sie kennt mich einfach schon zu gut. Klar, oft spinnt sie sich auch irgendwas über mich zusammen, vor allem, soweit es mein früheres Leben betrifft. Von dem meint sie eh, dass ich nur deswegen so geworden bin, wie ich bin, weil das und das damals war. Ach, lass sie doch weiter spinnen, wenn es ihr Spaß macht. Vielleicht deutet Frauke ja einiges einfach falsch, was ich ihr aus meinem früheren Leben erzähle. Inzwischen denkt sie sogar manchmal, meine alte Familie hätte durchaus wohl einiges gut gemacht bei meiner Erziehung. Mit der Zeit wäre sie offensichtlich nur überfordert gewesen mit mir, warum auch immer. Doch weshalb soll ich das alles richtig stellen? Mag ja sein, dass sie Recht hat. Aber ich habe wirklich keine Lust, immer wieder über mich selber und meine Vergangenheit nachzudenken.

Eines weiß ich jedoch, ich bin nicht nur ein Schmusetier. Nein, manchmal denke ich, ich bin auch ein Hirtenhund. Jedenfalls halte ich gern meine Herde zusammen. Klar, dass ich alle Besucher, die mal bei Frauke einfallen, in meine Truppe einordne. Zu Beginn habe ich allerdings hinter jedem her gebellt, der nach einiger Zeit meinen Wirkungsbereich einfach wieder verlassen wollte. So was tut man doch nicht, oder? Was soll's. Inzwischen habe ich mich daran gewöhnt, dass dies hier wohl so üblich ist, und die Leute mich nicht erst fragen müssen, ob sie ohne meine Erlaubnis wieder weggehen dürfen. Wie auch immer - auf jeden Fall fühle ich mich durchaus als ein ernstzunehmender Wachhund.

Also, wenn jemand an der Tür schellt, dann belle ich ganz laut. Ihr glaubt ja nicht, was für eine starke Stimme ich habe, wenn ich wirklich einmal Laut gebe. Frauke ist darüber richtig glücklich, denn oft überhört sie die Türbimmel, weil ihre Ohren nicht mehr die besten sind. Anfangs hat Frauke nach dem Schellen gleich die Wohnungstür aufgemacht. Aber einmal stand kein erwünschter Gast davor, sondern der Postbote mit einem Päckchen für einen Nachbarn. Also, den habe ich natürlich sofort ans Bein gepackt. O Mensch, war das der Frauke peinlich! So was hat sie mir dann ganz schnell abgewöhnt. Wie gesagt, ich bin auch lernfähig. Nicht umsonst hat Frauke mir den Namen „Flexi" verpasst. Aber auch der Postbote hat dazu gelernt. Wenn er mal wieder Pakete für Frauke oder die Nachbarn abgibt, wirft er mir jetzt jedes Mal ein Leckerchen durch die nur leicht geöffnete Tür zu. Inzwischen traut er sich sogar schon ein Stück näher an mich heran. Und auch ich habe allmählich begriffen, dass er kein Feind ist.

Überhaupt sind wir Hunde ja nicht so dumm, wie einige Leute meinen. Glauben die wirklich, wir Vierbeiner könnten nicht selbständig denken und handeln? Dass ich nicht lache! Warum heißt es denn bei den Menschen so oft, wenn sie von einem anderen sprechen? „Mann, das ist aber ein schlauer Hund"! Na also! Und habe ich als junger Welpe nicht einiges von meiner Hundemami gelernt? Und später durchaus ebenso von meiner ersten Familie? Und habe ich mir nicht manches auch selber beigebracht? Also, dumm bin ich wirklich nicht!

Frauke wundert sich beispielsweise darüber, dass ich mich nie beim Beschnüffeln eines Baumes mit meiner Leine um seinen Stamm verwickele, wie es anderen Hunden oft passiert, und dass ich stets von selbst meine Vorderbeine hebe, wenn die Leine darunter geraten ist. Dazu braucht sie mich gar nicht erst auffordern. Sie hat mich auch oft dafür gelobt, wie gelehrig ich einfache Kommandos aufnahm wie: „geradeaus", „rechts ab", „halt", „nein", „steh" und ähnliches. Als ob das was Besonderes wäre! Ist doch nur Pippikram – das einfache Einmaleins für Hunde. Okay, ich beherrsche keine besonderen Kunststücke! Hat ja auch niemand was mit mir eingeübt. Ist das etwa schlimm? Die Menschen können ja auch nicht alle Kopfstand machen. Na also! Dass ich bisher jedoch niemals den Drang verspürte, vom Fußgängerweg auf die Straße zu rennen, hat Frauke dazu ermuntert, mir bereits nach wenigen Tagen beim Gassigehen die Leine abzunehmen. Sie rechnete fest damit, dass ich nun immer brav an ihrer Seite bleiben würde, damit ich sie jederzeit vor irgendwelchen bösen Räubern beschützen könnte. Hatte ich auch vor, ehrlich!

Schon bald aber musste Frauke erkennen, dass selbst ich - ihr geliebter Flexi - nicht ganz ohne Fehl und Tadel bin. Zumindest scheint sie es als ein gewaltiges Problem anzusehen, dass ich geradezu allergisch auf alle Artgenossen reagiere, die ein Stückchen größer sind als ich. Vor allem Schäferhunde mag ich nicht. Pah! Die kommen oft so daher, als ob ihnen die ganze Welt gehöre. Also, denen zeig ich gleich, was ich von ihnen halte. Wenn ich nur einen davon in meiner Nähe wahrnehme, rege ich mich gleich tierisch auf und rase ohne Zögern zähnefletschend auf ihn los. Ja, da gibt's für mich nur eins, dieses Ungetüm in seine Schranken zu weisen. Da kann Frauke ruhig sagen, guck mal, der ist doch ganz lieb. Woher weiß sie denn, ob das nicht ein verkappter Wolf ist, der meine „Herde" angreifen will? Nur, weil sie in jungen Jahren – vor langer, langer Zeit – mal selber einen Schäferhund hatte? Ne, lieber kein Risiko eingehen. Schließlich geht es ja vor allem um die Sicherheit meiner Herrin, für die ich allein die Verantwortung trage. Seit jedoch ein aufgebrachter Nachbar bei einer solchen Attacke seinen „Weißen Riesen" absichtlich auf mich losgejagt hat, hält Frauke mich lieber an der Leine. Gut! Ich kann damit leben. Frauke will mir so wohl nur unnütze Aufregung ersparen. Dass ich kleinen Hunden und kleinen Kindern nie was tun werde, weiß sie inzwischen. Da nimmt sie die Leine durchaus mal ab oder lässt sie locker durchhängen. Sobald aber so ein überdimensionales Viech am Horizont auftaucht, kriegt sie inzwischen fast selbst einen Herzinfarkt aus Angst vor meinen wütenden Reaktionen. Seither überlegt sie ständig, was man dagegen tun kann. Sie meint, ich brauche vielleicht nur einen erfahrenen Kumpel, der mir das richtige Hundeverhalten beibringt. Jedenfalls könnte sie sich das gut vorstellen.

Nein, danke! Ich will keinen großen Burschen um mich herum haben, der mich womöglich nur beherrschen will. Ich genieße es ja gerade, mit Frauke allein Gassi zu gehen, wobei mir häufig die unterschiedlichsten Artgenossen begegnen, denen ich aus dem Weg gehen kann oder nicht, die mich beschnüffeln dürfen oder nicht. Die Kleinen sind ja meist friedlich, wollen nur mit mir spielen. Gegen die habe ich nichts. Doch wenn einer von den Großkotzigen auftaucht, kehrt Frauke inzwischen gleich um, weil sie weiß, wie sehr ich mich schon über den bloßen Anblick dieser Kerle aufrege.

Also, was soll das Gerede von einem großen Bruder, den ich brauchte, damit ich was von ihm lernen kann! Nein und nochmals nein! Darauf kann ich gerne verzichten. Ich hab doch meine Frauke, von der ich lerne, und die von mir lernt. Was will ich denn mehr?

Was ich noch über Flexi sagen wollte

Hallo, hier ist wieder Frauke.

Ja, was hatte ich doch für ein Glück, dass ich einen so tollen Hund aufgegabelt habe. Mit ihm habe ich das große Los gezogen. Also wirklich, seit Flexi bei mir ist, geht es mir wieder richtig gut.

Als mein Mann noch lebte, sind wir beide in unserem Ort täglich Hand in Hand spazieren gegangen. Für die Nachbarn gehörten wir einfach zum Bild dieses Stadtteils. Als ich dann plötzlich alleine war, mochte ich das Haus kaum mehr verlassen, schon aus Furcht vor der Frage: „Wo haben Sie denn heute Ihren Mann gelassen?" Wenn ich mich doch mal heraus traute, wollte ich wenigstens ein Ziel haben. So verfiel ich auf die Idee, ständig bei der Sparkasse nach Kontoauszügen zu schauen, obwohl kaum neue Abrechnungen zu erwarten waren. Was aber sollte ich sonntags machen, wenn die Bank geschlossen hatte? Da bin ich einfach mal zum Büdchen gegangen und habe mir dort ein Nogger-Eis gekauft. Das habe ich dann in meine Jackentasche gesteckt, um es später zu Hause in Ruhe vertilgen zu können. Aber, was soll ich sagen? Am nächsten Tag war das Eis immer noch in der Tasche meines Anoraks, natürlich restlos geschmolzen, doch dank der guten Verpackung wenigstens nicht ausgelaufen.

Das war der Punkt, an dem ich anfing, ernsthaft nach einem geeigneten Hund Ausschau zu halten. Tscha, und dann bin ich auch fündig geworden. Einen besseren Hund als Flexi hätte ich nicht finden können.

Also, er ist ein richtiger Schatz, sehr anschmiegsam, sehr liebebedürftig, aber nie aufdringlich. Wenn er ein Leckerli ergattern möchte, schaut er mich ruhig an und bittet sanft darum. Sag ich dann aber „nein", verzieht er sich gleich, ohne weiter zu betteln. Wir beide haben uns wunderbar aneinander gewöhnt. Ich bin glücklich mit ihm und er - glaube ich - auch mit mir. Und vor allem, so ein kleiner Kerl fördert natürlich die sozialen Kontakte. Heute sprechen mich wieder viele Leute an, reden mit mir über meinen Flexi, kraulen sein weiches Fell. Und mein Kleiner? Ach er, der sich früher von niemand anfassen ließ, kann heute nicht genug Streicheleinheiten bekommen.

Und ich? Ach, ich brauche meinen kleinen Kobold, brauche es, gebraucht zu werden, brauche es, dass er mich anschaut und ich mich in seinen klaren, dunklen Augen widerspiegeln kann. Albern? Lächerlich in meinem Alter? Aber nein! Jeder braucht doch jemanden - einen Freund, eine Freundin, einen Hund, eine Katze, mit dem er oder sie reden, sich austauschen kann. Und mein Kleiner schaut mich oft so verständnisvoll an! Die Einsamkeit der Tage nach dem Tod meines Partners wird nun durch die Freude ersetzt, in Flexi einen liebenswerten und verständnisvollen Hausgenossen zu haben.

Überhaupt ist Flexi sehr intelligent und kann großartig zuhören. Aber das habe ich - glaube ich - schon gesagt. Anfangs, wenn ich ihn gerufen habe, kam er immer gleich freudig angerannt, sprang auf meinen Schoß und zuckte mit seinem rechten Ohr zum Zeichen, dass ich ihm jetzt alles erzählen könnte, was ich auf dem Herzen habe. So ähnlich erging es dem Helden des Buches „Vom Hundertjährigen, der aus dem Fenster stieg und verschwand" mit seiner Katze.

Wie Hund und Katze sich doch ähneln können! Vielleicht hat Flexi ja auch manches von der alten Katzendame angenommen, mit der er so lange gemeinsam bei seiner früheren Familie gelebt hat.

Manchmal kommt Flexi mir vor, wie der Froschkönig, der sich plötzlich in einen schönen, sanften Prinzen verzaubert hat. Aber muss ich nicht fürchten, dass er sich jederzeit auch vom Kuscheltier in einen unfreundlichen quakenden Frosch oder gar wieder in einen beißenden Vampir zurück verwandeln kann? Nein, eigentlich glaube ich das nicht, aber wer weiß das wirklich?

Inzwischen jedenfalls springt Flexi mir auch schon nicht mehr auf den Schoß. Trotzdem, unsere gewohnten Kuscheleinheiten sind uns beiden wichtig – jeden

Morgen, jeden Mittag, jeden Abend. Ansonsten aber gibt er sich eher vornehm zurückhaltend, hält durchaus Abstand, kommt aber, wenn ich ihn rufe - fast immer, jedenfalls. Inzwischen hat er ja auch schon seinen eigenen Kopf entwickelt. Man kann ihm förmlich ansehen, wie er darüber nachdenkt, ob er gleich meinen Wünschen folgen soll oder ob das im Moment nicht wirklich nötig ist. Und für diese Überlegungen braucht er so seine zwei bis drei Minuten, bevor er sich wirklich entscheidet. Na ja, und ich brauche während dieser Zeit meine Geduld, um abzuwarten, wie er sich entscheidet. Zum Kampf jedenfalls kommt es zwischen uns dafür nicht. Mal gibt der eine, mal der andere nach.

Wenn ich aber mal ohne ihn rausgehen muss – was ich nur ungern tue – dann brauche ich nur zu sagen: „nein, du kannst nicht mit". Dann bettelt Flexi nicht „ach, bitte, bitte, nimm mich doch mit", sondern setzt sich still ins Wohnzimmer mit Blick auf den Korridor und wartet ergeben auf meine Rückkehr. Sobald er dann aber wieder meine Schritte im Hausflur hört, empfängt er mich vor Aufregung hechelnd an der Tür mit seiner Lieblingspuppe im Mäulchen und weiß sich vor Freude kaum zu fassen.

Nun ja, im Anfang war's nicht immer leicht mit meinem kleinen Flexi. Er hatte wohl keine besonders guten Erfahrungen gemacht in seiner früheren Familie. Was mag da alles mit ihm passiert sein? Ich kann's nur ahnen. Kam er zu wenig nach draußen, wurde er geschlagen, getreten, grob behandelt? Hat man seine Gesundheit, eine artgerechte Ernährung, die notwendige Fellpflege bewusst oder unbewusst vernachlässigt? Oder waren seine Vorbesitzer einfach mit ihm überfordert? Es musste ja einen Grund geben, warum sie ihn nach acht Jahren in ein Tierheim abgeschoben haben. Vielleicht ist es nur am Anfang in der Familie rund gelaufen, als er noch klein und niedlich war. Einiges hat man ihm wohl beigebracht, nämlich, nicht an der Leine zu zerren und ordentlich bei Fuß zu laufen, seine „Geschäfte" nicht auf Bürgersteige oder in Nachbars Vorgärten zu machen, nichts vom Tisch wegnehmen und auch nicht während der Mahlzeiten zu betteln! Dafür aber hat Flexi sich anfangs ordentlich dagegen gewehrt, wenn ich sein Fell bürsten wollte. Und erst recht gefiel es ihm nicht, wenn ich dabei aus seiner inzwischen so dicht nachgewachsenen Wolle einige darin verhakte Dornenzweige herauspulen musste! Da hat er durchaus schon mal kräftig zugebissen, vor allem, wenn ich dabei an seine Pfoten oder gar an seinen geheiligten Po kam. Das konnte er überhaupt nicht ausstehen, selbst heute noch nicht!

Das Po-Saubermachen aber war vor allem Anfangs so manches Mal dringend erforderlich, denn er hatte oft Verdauungsschwierigkeiten und reagierte auf diverse Kost allergisch. Mal hatte er Durchfall, mal Verstopfung, mal Brechreiz. Ich kann kaum mehr zählen, wie oft ich im ersten Jahr mit Flexi zur Tierärztin gewandert bin, um mir von ihr Rat und Medikamente zu holen, oder auch mal meinen armen Kleinen mit Spritzen pieksen zu lassen. Doch alle Bemühungen halfen nicht, der Kleine wollte oft einfach nicht fressen, oder spuckte sein Futter gleich wieder aus.

Man hatte mich ja im Tierheim schon gewarnt, dass Flexi allergisch ist und vor allem kein Trockenfutter verträgt. Darum habe ich mich von Beginn an darum bemüht, ihm nur hochwertige Nahrung zu geben. Doch er war und blieb ein „Mäkelfresser". Was immer ich ihm vorsetzte, es schien nie das Richtige zu sein. Meine Nachbarn hatten oft richtig Mitleid mit mir, weil sie merkten, welche Sorgen ich mir um den armen Hungerleider gemacht habe.

Als meine Angst um Flexi immer größer wurde, bin ich an einem Freitagmorgen mit ihm zur Tierklinik gefahren. Die haben ihn zur Beobachtung gleich übers Wochenende dort halten wollen. Da habe ich erst einmal geheult, dann jedoch zugestimmt, weil sie ihn auch an einen Tropf hängen wollten, damit er die notwendigen Nährstoffe nachholen könnte.

Was hat der Bursche sich gefreut, als ich ihn dann am Sonntag wieder nach Hause holte. Aber fressen wollte er immer noch nicht, auch nicht das Zeug aus den vielen Dosen, die die Tierklinik-Ärzte mir mitgegeben haben. Alle möglichen Diäten habe ich seither ausprobiert, bis ich endlich mit einem guten Hundefutter für Senioren – von mir angereichert mit frisch gekochtem Reis, und Hühnerfleisch das Passende für ihn heraus gefunden habe. Gleichwohl aber muss ich auch heute noch zunächst seinen Appetit mit kleinen Leckereien anregen, bevor er gnädig an seinen Napf geht und ihn - bei etwas Glück - sogar mal ganz leer macht. Am liebsten jedoch möchte er weiterhin von mir aus der Hand gefüttert werden. Na und? Mir macht es ja selber Spaß, und ich habe das Gefühl, es verbindet uns.

So kommen wir beide uns immer näher, Tag für Tag ein Stückchen mehr. Dennoch denke ich manchmal, dass meinem Kleinen was fehlt bei mir. Hier hat er keine Großfamilie, die um ihn herum wuselt. Klar, manchmal treffe ich unterwegs Hundefreunde, und man steht zusammen und quatscht, und der Flexi steht geduldig daneben und lässt sich ruhig von deren kleinen Vierbeinern beschnüffeln. Aber was uns noch fehlt, ist jemand, der uns hin und wieder mit seinem Dog bei unseren Spaziergängen begleiten würde. Es müsste allerdings ein kleines oder nur mittelgroßes Kerlchen sein, auch nicht allzu jung und zu verspielt, denn Flexi fühlt sich schon zu alt zum Herumtollen. Bei seinen größeren Artgenossen jedoch muss ich immer noch sehr vorsichtig sein. In deren Nähe entwickelt er das Herz eines Löwen und das Gebiss eines Raubtieres, was seinem neuen Ruf als Schmusekater deutlich widerspricht. Was mag in ihm vorgehen, wenn er die großen Hunde so aggressiv anbellt? Kann man sich vorstellen, dass er tatsächlich mal richtig zubeißen würde? Er vergisst dabei wohl gar, dass er nicht mehr der Jüngste und der Stärkste ist. Ich hatte ja gehofft, in einer Hundeschule könne man etwas tun, um seine Aggressionen oder auch Ängste gegen größere Artgenossen in den Griff zu bekommen. Dort aber winkte man ab; „Nein, Oldies trainieren wir nicht mehr!"

Neulich dann hörte ich von einem Hundetreff, der in unserem Viertel einmal pro Woche unter Leitung eines erfahrenen Hundetrainers stattfindet. Ein paar Mal habe ich auch mit Flexi daran teilgenommen. Da kamen einige freundliche, aber selbst noch unerfahrene Hundebesitzer mit ihren jungen, jedoch vorwiegend großen Vierbeinern zusammen. Klar hat Flexi zunächst einmal aufgeregt in der Gruppe herum gebellt, aber zu mehr hat er sich bei dem gemischten Rudel nicht getraut. Als dann auf einer freien Wiese alle Tiere von der Leine gelassen wurden und Flexi merkte, dass die Großen ihm gar nichts wollten, beruhigte er sich allmählich und fraß am Rande des Pulks in aller Ruhe sein geliebtes Gras, während die anderen Vierbeiner wild miteinander herum tollten. Bald jedoch merkten Flexi und ich, dass wir nicht mehr die Jüngsten sind und den Rückweg danach oft nur noch mit Mühe schafften und gaben darum diese Runden wieder auf.

Na, vielleicht bringt es ja was, wenn Lara demnächst mit ihrem italienischem Hirtenhund, dem Birbo - aus der Familie der Zotteltiere - zu Besuch kommt. Ihre Ankunft erwarte ich mit großer Spannung, aber auch mit einigem Bangen. Mal sehen, wie es wird, wenn unsere Schützlinge zusammen treffen. Von Birbo weiß ich, dass er im Allgemeinen sehr freundlich mit fremden Hunden umgeht. Er ist ein ausgesprochen friedlicher Geselle, temperamentvoll, verspielt und hört ausgezeichnet auf sein Frauchen. Lara hat ihn als Welpe direkt beim Züchter in Italien gekauft und großen Wert auf eine gute Erziehung gelegt. Dieser Birbo hat also allerlei Schulungen mitgemacht, von der Babygruppe bis zu den Halbwüchsigen, vom Gehorsamkeitstraining bis zum Agiliti-Sport. Inzwischen hat er auch die Prüfung als Kontakthund für Kindergärten und Altersheimen mit Bravour bestanden. Auch beim Auslauf gibt er sich sehr selbstständig. An der Ostsee, dort, wo er in einem kleinen Dorf nahe der Insel Rügen wohnt, darf er sich fast immer ohne Leine bewegen, obwohl die wenigsten Straßen da Bürgersteige aufweisen. Wenn ein PKW auftaucht, braucht Lara ihm nur zuzurufen: „Auto" und Birbo geht sofort an den Straßenrand, ebenso reagiert er auf den Ausruf „Fahrrad". Dieser freiheitsliebende und freiheitsgewohnte Hund entfernt sich aber jeweils nur so weit von seiner Bezugsperson, dass er sie stets noch im Blick hat.

Ich selbst habe inzwischen viel von Lara – dieser Hundeflüsterin – gelernt. Wann immer ich Fragen habe bezüglich der Hundehaltung im Allgemeinen und der Betreuung von Flexi im Besonderen, brauche ich Lara nur anzurufen, und sie lässt mich an ihrem Wissen teilhaben und gibt mir allemal gute Ratschläge. Ob mein Flexi auch etwas von Birbo - diesem lebhaften, dabei so gutmütigem Burschen - lernen kann? Mal sehen! Jedenfalls hat sich Birbo bereits anständig bei uns vorgestellt mit einem wunderschönen Foto und lieben Grüßen darauf. Wie aber wird sich Flexi bei seinem Besuch verhalten? Sollte er nicht laut Aussage des Tierheim-Personals stark zur Eifersucht neigen? Birbos Portrait jedenfalls hat er einfach links liegen lassen. So ein Abbild ist ja noch keine echte Bedrohung. Was aber, wenn der Fremdling plötzlich groß und lebendig vor ihm steht? Ja, was dann? Lassen wir Flexi doch demnächst selber darüber berichten, wie er den Besuch von Birbo empfunden hat.

Mein Freund Birbo

Frauke hat es wahrgemacht. Sie hat tatsächlich Lara mit ihrem Bergamasker - dem Birbo - zu uns eingeladen. Heute schon soll er kommen. Und dabei ist solch ein Bergamasker ein riesiger Hirtenhund aus Italien mit einem ganz, ganz dicken Fell, das sich in breiten Fransen um seinen Körper legt. Wenn er dann wie ein Windhund durch die Gegend saust, flattern diese Zotteln rauf und runter, und es sieht aus, als hätte er lauter Flügel. Was aber hat sich Frauke nur dabei gedacht, diesen Birbo herkommen zu lassen? Sie weiß doch, dass ich solche großen Burschen nicht ausstehen kann. Dann soll er auch noch eine Woche lang bei uns bleiben! Nein, diesen Eindringling werde ich auf keinen Fall in mein neues Heim lassen, das ich mir gerade erst selbst erobert habe. Und wenn es gleich schellt, werde ich bereits zähnefletschend an der Tür stehen. Da wird er dann schon merken, wer hier der Herr im Hause ist, dieser feine Pinkel von einem Bergamasker!

Zu meiner Überraschung aber begann der Tag ganz normal. Ich war inzwischen jedenfalls völlig ahnungslos, was nach einem ruhigen Vormittag noch auf mich zukommen sollte. Frauke hatte mich für den Nachmittagshundegang ausgehfertig gemacht, und so spazierten wir wie so oft auf das kleine Wäldchen in der Nähe unseres Heims zu. Doch wer wartete da auf uns? Lara mit ihrem riesigen Birbo! O Herr, habe ich mich darüber aufgeregt! Ich zog an der Leine, knurrte und bellte wie verrückt. Aber es half alles nichts. Frauke und Lara blieben mit Birbo immer in meiner Nähe. Allmählich beruhigte ich mich ein wenig. Daraufhin ließ Lara den Birbo von der Leine, und der Bursche tat, als existiere ich nicht für ihn. Er ließ mich einfach links stehen und jagte nur ständig seinem Ball hinterher. Da löste Frauke auch meine Leine. Vorsichtig und mit dem nötigen Argwohn lief ich nun ebenfalls frei herum. Bald traute ich mich sogar auf die Waldwiese und kam dabei dem ungebetenen Gast einige Male recht nahe, ohne Zoff, ohne Knurren. So ist es dann auf diesem Spaziergang durch das Wäldchen doch noch zu einem halbwegs friedlichen Nebeneinanderher Traben gekommen.

Na also, das geht doch, dachten Frauke und Lara schon und traten mit mir und Birbo nun den Heimweg an. Doch kaum hatten wir unser Haus erreicht, da war's aus mit meiner Geduld. Dieser Fremdling soll in „mein" Heim kommen? Nie und nimmer! Ich kämpfte wie ein Löwe um die Vorrechte in meinem geheiligten Distrikt. Die beiden Frauen aber hielten mich jedes Mal zurück, sobald ich mich auf den Eindringling stürzen wollte. Und er? Ach, dieser arme Wicht, er hat gar nicht erst versucht, gegen mich zu kämpfen. So ein Feigling! Ganz armselig zog er sich fortwährend in irgendeine Ecke zurück und überließ mir kampflos meine angestammten Plätze. Da machte das Kämpfen keinen Spaß mehr, und ich fand mich allmählich resigniert mit der Situation ab. Doch als ich mich am Abend mit Frauke zum Schlummern in ihr Schlafzimmer zurückgezogen hatte und Lara mit ihrem Birbo zum Gutenachtsagen an der offenen Tür erschien, da war es mit meiner Beherrschung aus. Ich fletschte die Zähne so gewaltig, dass selbst Lara - die Hunde-Erfahrene - Angst bekam und mit ihrem Köter schleunigst den Rücktritt antrat.

70

Okay, diese Grenze war nun klar. Der arme Birbo! Im Grunde tat er mir ja leid. Er wollte mir doch nichts streitig machen, ging mir auch am nächsten Tag in der Wohnung weitgehend aus dem Weg und hielt sich möglichst unauffällig im Hintergrund. Aber es nützte ihm nicht viel. Zwei ganze Tage lang versuchte ich immer wieder aufs Neue, diesen Rivalen zu vertreiben. Selbst Lara, sein Frauchen, habe ich verbellt, wenn sie sich zwischen uns stellte. Sobald sie sich aber mit erhobenem Zeigefinger groß vor mir aufbaute, mich dabei gegen die Wand drängte und mir danach ihre flache Hand entgegen hielt, komisch, dann war der Bann gebrochen. Dann habe ich aufgehört zu bellen und bin gar an ihr hoch gesprungen und hab den armen Birbo in Ruhe gelassen. Von da an dauerte es nicht mehr lange, da fühlte ich mich sogar zu diesem seltsamen Zotteltier mit seiner lustigen Zottelmähne geradezu hingezogen und versuchte, ihn in so manchen Dingen nachzumachen.

Die große Freiheit freilich, die mein neuer Spielgefährte offensichtlich genoss, die konnte und wollte ich mir nicht aneignen. Was mir über acht Jahre lang von meiner ersten Familie gründlich ausgetrieben worden ist, lässt sich nicht so einfach abschütteln. Manches aber habe ich schon von ihm gelernt, zum Beispiel, auf der eingezäunten Wiese hinterm Haus herumzutoben, statt dort nur den schmalen Weg an der Hecke entlang zu schleichen und vor allem, Leute, die an unserem Gartengelände vorbeigehen, ordentlich auszubellen. Das hat meiner Frauke zwar nicht besonders gefallen. Aber was soll's, was der Große durfte, musste auch mir erlaubt sein. Eigentlich – sagte ich mir - bin ich ja ganz anders, aber ich komme so selten dazu. Das jedenfalls gab ich Frauke zu verstehen.

„Ach du großmäuliges Kerlchen, du", meinte Frauke daraufhin, „diesen Satz hast du offensichtlich irgendwo geklaut, denn den hat lange vor dir irgendein berühmter Mann schon mal gesagt."
Na und? Ist doch egal! Jedenfalls trifft er bei mir ebenfalls zu.

Wie auch immer, Birbo und ich wurden allmählich gute Freunde und hatten noch viel Spaß miteinander. Doch bald war die Woche um, und wir mussten Abschied voneinander nehmen. Als Birbo bereits für die Abfahrt seinen Platz in dem großen Kofferraum von Laras Auto eingenommen hatte, überkam mich eine tiefe Traurigkeit. Kurzentschlossen sprang ich ihm nach und legte mich vertrauensvoll neben ihn in den Wagen. Wenn Frauke mich da nicht wieder herausgelockt hätte, wäre ich mit Birbo bis zur Ostsee gefahren, da, wo er wohnt. Nun aber hoffe ich, dass mein neuer Freund mich bald wieder mal besuchen wird oder ich mit Frauke zu ihm an die Ostsee reisen darf.

Ach, wenn doch alle anfänglichen Kabbeleien später in Freundschaft übergehen und dann ewig halten würden – so wie zwischen mir und dem Birbo, den ich jetzt richtig gern mag, obwohl er ja von seiner Größe her immer noch nicht gerade meine Kragenweite ist. Man sieht also, ich bin nicht nur lernfähig, sondern auch anpassungsfähig und im Grunde ein ebenso richtig friedlicher Geselle wie Birbo.

Ich bin ein Puli

Hallo, hier ist wieder euer Flexi, oder sollte ich lieber sagen „Fraukes Flexi"? Na schön! Das ist nur Wortklauberei. Ihr Leser kennt mich ja inzwischen auch schon. Trotzdem, ich muss sagen, seit kurzem bin ich durch neue Erkenntnisse wohl ein anderer geworden. Wie das möglich ist, fragt ihr euch?

Also, neulich da musste ich mal wieder – es war kurz vor Weihnachten - mit Frauke zur Tierärztin, weil ich - na ja - mein „Geschäft" nicht so machen konnte, wie ich sollte. Die gute Tante Doktor kannte mich ja auch schon ganz gut, und ich kannte sie, und so ließ ich es mir diesmal weitgehend gefallen, dass sie an mir von oben bis unten herumfummelte. Inzwischen kenn ich das ja schon, dass die meisten Leute sich besonders für mein Fell interessieren und fragen: „Mensch, wat is denn dat überhaupt für ne Rasse, zu der dieser struppige Stromer gehört?" Doch selbst die Tierärztin machte da keine Ausnahme. Auch sie rätselte ständig daran herum.

„Hm, ein Pudel soll das sein oder ein Pudelmischling? Ne, ich weiß nicht recht", hatte sie schon bei früheren Untersuchungen zweifelnd gesagt. Doch nun, nachdem sie meinen Körper mal besonders gründlich abgetastet hatte, kam ihr plötzlich die Erleuchtung:

„Jetzt ist mir endlich klar, was der Flexi ist!" Große Pause! Dann machte sie es richtig spannend und verkündete ihre Erkenntnis wie eine Weihnachtsüberraschung. „Schauen Sie her", klärte sie Frauke auf, „der Bursche hat für einen Pudel einen viel zu breitem Kopf und dann sein Fell, das überall - vor allem um Ohren, Hals und Nacken herum - immer dicker wird. Der ganze Körperbau verschwindet ja inzwischen förmlich unter dieser wuchernden Wolle. Also, es müsste mit dem Teufel zugehen, wenn der nicht ein echter Puli ist."

„Ein Puli, hm, was ist denn das?", fragte Frauke, und blickte genauso verständnislos drein wie ich. „Ja, ein Puli", meinte die Tierärztin. „Noch nie davon gehört? Ne? Also, das ist ein Hund, der zu einer ungarischen Hirtenrasse gehört, die allerdings hier bei uns sehr selten ist. Aber ich bin mir jetzt sicher: der Flexi ist ein Puli."

Ein Puli? Ach du liebe Zeit! Nein, davon hatte auch ich noch nie was gehört.

Na, schön, ein Puli sollte ich nun sein! Na und? Was soll's? Und überhaupt verstehe ich nicht, warum ich wieder einmal so kurz vor Weihnachten etwas völlig Neues über mich ergehen lassen muss. Im Grunde interessiert mich diese neue Erkenntnis doch gar nicht. Mir kann es ja egal sein, ob ich nun ein halber Pudel oder ein ganzer Puli bin. Deswegen setze ich mir jetzt doch keine Krone auf, nur weil ich auf einmal zu so einer komischen Rasse gehören soll. Ich sag's ja, ein Hund ist und bleibt ein Hund! Und ich glaube, auch Frauke dürfte das schnurzpiepegal sein, was für ein Schlag ich bin. Sie pocht ja wohl nicht darauf, dass ich von nun als edler Rassehund auftrete. Schließlich hat sie mich als ein armes Würstchen aus dem Tierheim geholt, weil sie mich so mochte wie ich war, und das, obwohl ich wie ein rotzfrecher Straßenköter anfangs nicht nur einfach drauflos gebissen habe, sondern

74

auch fürchterlich unansehnlich aussah mit meinem verstümmelten Fell, von dem man reineweg zur Vortäuschung falscher Tatsachen nur ein paar Fuseln hatte stehen lassen. Die Hauptsache ist doch, dass Frauke mich auch weiterhin noch genauso gern hat wie bisher.

Wenn sie dennoch jetzt allen Leuten erzählt, ich sei ein Puli, dann hauptsächlich wohl deshalb, weil sie denen klarmachen will, dass es nicht ihre Schuld ist, wenn mein Fell trotz aller Pflege so struppig wirkt, sondern das dies eindeutig rassebedingt sei. Im Übrigen könnt ihr mir glauben, ganz egal, was ich nun bin, Frauke werde ich immer beschützen und immer für sie da sein, ob nun als ungarischer Hütehund oder weiterhin nur als deutscher Pudelmischling.

Inzwischen jedoch war Frauke offensichtlich neugierig geworden. Sie wollte nun schon wissen, wie so ein Puli auszusehen hat und welche Eigenschaften er aufweisen sollte. Ja und darum setzte sie sich auch gleich nach unserer Rückkehr an ihren schwarzen Kasten mit der flimmernden Scheibe und fragte den aus, woran man einen echten Puli erkennt. Und dieser blöde Kasten scheint wirklich alles zu wissen. Woher bloß? Na, egal. Ich kapiere das sowieso nicht. Frauke jedenfalls sammelte alles auf, was der ausspuckte. Und sie ist inzwischen voll begeistert davon, was für tolle Eigenschaften so ein Puli angeblich hat, dass sie all das gleich brühwarm ihren Freunden erzählen muss. Und ich habe es dadurch natürlich auch so oft gehört, dass ich es fast auswendig kenne. Doch hat mich das zu einem anderen oder besseren Hund gemacht? So'n Quatsch! Ich bin noch der Gleiche, der ich vorher war. Hab ich denn nicht schon immer gewusst, dass ich ein toller Hund bin? Na also!

Frauke aber meint, ich könne den Hütehund in mir ja gar nicht leugnen, und sie könne mich jetzt viel besser verstehen als zuvor. Was gibt es denn da groß zu verstehen? Ich weiß auch ohne den schwarzen Kasten, was Frauke von mir will, was sie über mich denkt, und wie es ihr geht, ob gut oder schlecht. Dafür brauche ich keinen Flimmerkasten. Dafür habe ich meine Nase, meine Augen, meine Ohren. Ach, wenn ich so darüber nachdenke, dreht sich mir alles im Schädel. Ehrlich, mein Kopf ist ja wirklich nicht so klein, wie ihr denkt. Hat nicht selbst die Tierärztin gesagt, mein Hirnkasten sei viel breiter als der eines Pudels? Doch was soll's! Den meisten Leuten draußen war bisher meine Rasse egal. Über mich hieß es nur immer: „Ach, was bist du nur für ein hübsches Kerlchen, und was hast du für ein schönes, flauschiges Fell"!

Wenn ich die Leute so reden höre, frage ich mich oft, was denn eigentlich an meiner Mähne so wichtig ist. Klar, es ist toll, dass es mich im Sommer vor Hitze und im Winter vor Kälte schützt und durch die gute Pflege von Frauke so weich geworden ist, dass Hinz und Kunz sie einfach streicheln müssen und schließlich ist Gekrault-werden für mich immer noch das Schönste auf der Welt. Was gibt es schon Besseres? Na, vielleicht noch saftige Grashalme futtern, die meinem Bauch so gut tun, wenn er mal wieder zwickt, obwohl Frauke nicht viel davon hält. Aber vielleicht verzeiht sie mir demnächst sogar das ständige Grasfressen, wo sie doch so stolz darauf ist, dass ich zu einer so ausgefallenen Rasse gehören soll. Na ja, was

kann man schon machen gegen die menschliche Ei-
telkeit? Also, wenn Frauke damit selig wird, soll es mir
recht sein. Und wenn sie jetzt all ihre neuen Erkenntnisse über den Puli hier weitergeben will, soll mir auch
das recht sein. Darum übergebe ich nun Frauke wieder das Wort, bevor sie an ihrem neuen Wissen er-
stickt.

Ein Puli ist ein Puli ist ein Puli

Hallo, hier meldet sich wieder Flexis Frauke.

Es stimmt schon, was Flexi eben erzählt hat. Ich wurde neugierig darauf, mehr über die Hunderasse der Pulis zu erfahren. Darum habe ich mich über das Internet sachkundig gemacht. Und was steht da unter „Zottelige Gefährten.de"? Ich zitiere hier mal:

„Also, der Puli ist ein fröhlicher, kinderlieber und anhänglicher Begleiter, immer in Sorge um das Wohl seiner Familie... Er ist stets gut aufgelegt, will viel spielen und verzeiht Kindern schnell so manche Grobheit. Gleichzeitig ist er anhänglich und verschmust. Mit einer Widerristhöhe von ca. 40 bis 44 cm ist er mittelgroß."

Ja, das alles passt genau zu meinem Flexi! Und was habe ich sonst noch über seine Gattung erfahren? Nun, dass sie eine der ältesten Hunderassen der Welt seien soll. Bei Ausgrabungen im alten Mesopotamien (heute Irak) hat man Dreitausend-Jahre-alte Abbildungen Puli-ähnlicher Hunde gefunden. Das wertet man als Beleg dafür, dass dieser Ur-Puli damals schon als Hirtenhund bei Schaf- und Rinderherden verwendet wurde. Zur Zeit der großen Völkerwanderung soll er mit den Herden nach Ungarn gelangt und da zu einer Art National-Hund aufgestiegen sein. Dort hat man wohl sehr schnell seine enorme Beweglichkeit und sein wunderbares Wesen schätzen gelernt. Die ungarischen Hirten jedenfalls sagen voller Stolz von ihm: „Der Puli ist kein Hund, er ist ein Puli". Wenn das keine besondere Anerkennung ist!

Das Auffälligste am Puli - so heißt es weiter in den Internetaufzeichnungen - sei sein markantes Fell. Nach dem Abstoßen des flauschigen Welpenfells bilden sich beim Puli sogenannte Zotten oder Schnüren, die verfilzen und das längere härtere Deckhaar erzeugen, das nie ausgetauscht wird und ihn vor Kälte, ebenso wie vor angreifenden Feinden schützt. Und dieses Fell soll nie gekämmt oder gebürstet werden, damit sich die typischen Zotten bilden können, die bei zunehmendem Alter oft bis zur Erde reichen. Diese Zotten sind also sein Markenzeichen. Da der Puli keine Haare verliert, ist er auch als Haustier für Allergiker geeignet.

„Allerdings", heißt es weiter in den Ratgebern, „ist beim heranwachsenden Puli eine ausdauernde Pflege der sich bildenden Planken erforderlich. Dazu werden die Haarspitzen mit den Fingern zu Zotten auseinander gezogen, damit nicht das gesamte Deckfell zu einer Platte verfilzt und verhindern kann, dass noch Luft an die Haut kommt".

Oje, nun wusste ich also, warum Flexi völlig verfilzt und mit Ekzemen übersät im Tierheim abgegeben worden ist. Ich glaube, ich muss seiner alten Familie im Stillen Abbitte leisten. Sie hielt ihren Rex - meinen Flexi - ja für einen einfachen Mischlingshund und hatte keine Ahnung von den besonderen Eigenschaften eines Puli-Fells und der dafür erforderlichen Pflege. Ich wunderte mich ja selbst darüber, dass Flexis Mähne nach der gründlichen Schur im Tierasyl schon kurze Zeit später wieder so dicht geworden war, dass der arme Kerl bald eher einer runden Kugel als einem Vierbeiner ähnelte.

„Sie geben ihrem Süßen wohl zu viel Futter", heißt es oft. „Aber nein", verteidige ich mich dann, „es ist nur sein üppiges Fell, das ihn so rund aussehen lässt."

Doch das wollte niemand recht glauben, denn wer von ihnen hatte schon jemals etwas von einer Puli-Rasse gehört. Was also konnte ich tun, damit er manierlicher aussieht? Die spezielle Puli-Fellpflege würde Flexi sich nicht mehr gefallen lassen, dazu - denke ich - ist er inzwischen schon zu alt. Ihn etwa ein bis zweimal im Jahr scheren lassen? Ja? Nein? Was aber würde mein zotteliger Gefährte dazu sagen? Ich glaube kaum, dass er nach der großen Prozedur im Tierheim mit einer erneuten Schur einverstanden wäre. Doch so kann es auch nicht weiter gehen. Sein Fell bildet bereits wieder einige verfilzte Stellen - vor allem am Hals und hinter den Ohren - denen man mit Bürsten nicht mehr beikommt. Ich glaube, ich brauche Zeit zum Nachdenken und gehe damit erst einmal in Klausur.

Vielleicht aber sollte ich zunächst mit den netten Leuten vom Puli-Club reden, was die mir raten würden. Schließlich sind Flexi und ich inzwischen auch Mitglieder des Puli-Clubs geworden. Hatten wir nicht kürzlich noch an einer großen „Puli-Wanderung" in der Nähe von Schermbeck teilgenommen? Mein Flexi wurde dabei von seinen Artgenossen und ihren freundlichen Haltern trotz seines etwas struppigeren Aussehens sehr freundlich in deren illustren Kreis aufgenommen. Zwar trug der überwiegende Teil der Rüden und Hündinnen dort voller Stolz ihre echte „Puli-Frisur" mit langen gleichmäßigen Troddeln, aber es gab auch einige, die so locker flockig aussahen wie mein Flexi. Also halten sich durchaus nicht alle Puli-Besitzer bei ihren Lieblingen an die traditionelle Fellpflege. Die meisten Teilnehmer dieses Clubs zeigten auch durchaus Verständnis dafür, dass mein doch nicht mehr ganz so junger Flexi weiterhin von den Torturen des Zöpfchen-Zupfens verschont werden sollte. Also hängt die Entscheidung über sein künftiges Aussehen nun von mir ab.

OK! Machen wir es kurz, lassen wir ihn scheren, wenn es auch schwer fällt!

Wie aber soll ich das meinem Süßen beibringen? Ob er schon was ahnt? Manchmal scheint er ja meine Gedanken lesen zu können. Na, dann muss er eben damit fertig werden! Doch ich ahne Schlimmes!

Scheren oder nicht scheren?

Oje, man will mir ans Fell!

Ich - der arme Flexi - soll wieder geschoren werden! Hat man denn bereits vergessen, wie elend ich aussah ohne meine prachtvolle Wolle? Und wie ich gefroren habe damals nach der entsetzlichen Rasur im Tierheim und das mitten im Winter? Nein, nein und nochmals nein! Ich möchte nicht noch einmal mein wunderbares Fell einbüßen. Ich möchte es behalten, so wie es ist. Lieber lasse ich mich, wenn es denn unbedingt sein muss, selbst dreimal am Tag bürsten, obwohl das wahrhaftig auch nicht sehr angenehm ist. Aber wird man auf mich hören? Ich glaube kaum. Die Menschen machen ja doch immer das, was sie wollen, und was sie für richtig halten. Eigentlich hatte ich ja gehofft, wenigstens Frauke würde auf meiner Seite sein und nicht darauf hören, was andere dazu sagen.

Es stimmt ja schon, dass meine Haare immer länger, immer krauser, immer verfilzter werden. Bald werde ich aussehen, wie meine Puli-Brüder aus dem Puli-Club, obwohl ich nicht die typischen Rasterlocken aufweisen kann. Um das zu erreichen, hätte man bei mir schon in frühen Jahren damit beginnen müssen, mein Fell regelmäßig auseinander zu pulen. Aber weder meine frühere Familie, noch die Leute im Tierheim wussten ja, dass ich eigentlich ein Puli bin und daher eine echte „Puli-Frisur" haben sollte. Ob ich jedoch überhaupt so ein Herumgezupfe an meinem Haarkleid jahrelang ertragen hätte? Ich glaube kaum. Übrigens hat die neue Erkenntnis selbst bei Frauke bisher noch nicht dazu geführt, an mir das kräftige Striegeln meiner inzwischen durchaus struppigen Lockenpracht aufzugeben. Auch Anna kann es nicht lassen, nach einigen Spielminuten mit mir gleich wieder zur Bürste zu greifen und meine Wolle erbarmungslos bis zum Gehtnichtmehr durchzuarbeiten. Na ja, von ihr lasse ich mir das noch notgedrungen gefallen, weil sie sich einfach besser durchsetzen kann. Bei Frauke wehre ich mich dagegen eher, denn ich weiß ja, sie ist viel weicher und gibt schneller nach.

Neuerdings aber entdecken Frauke und Anna immer häufiger neben alten vertrockneten Herbstblättern und allerlei klebrigem Grünzeug auch einige Zweige, die sich völlig in meiner Mähne verknotet haben, vor allem unterm Bauch und an den Beinen. Und wenn sie dann versuchen, sie herauszuziehen, kann ich fuchsteufelswild werden, knurre erst leise warnend, dann fletsche ich grimmig meine Zähne und versetze sie damit so in Angst, dass sie zunächst einmal verschreckt aufhöre. Aber nach einer Pause machen sie weiter und geben nicht eher Ruhe, bis sie das letzte blöde Teufelszeug aus meinem Wams heraus gepult haben. Als sich aber letztens ein besonders riesiger Zweig mit besonders spitzen Dornen unter meinem Bauch verheddert hatte, versuchte Anna todesmutig, ihn mit Gewalt herauszupulen. Mein Gott, habe ich mich aufgeregt, doch es hat mir nichts genützt, Anna hat nicht locker gelassen. Als ich dann aber wirklich die Geduld verlor und gerade nach ihrer Hand schnappen wollte, zog sie gerade noch rechtzeitig den Zweig samt einem dicken Büschel Haare heraus. Ehrlich gesagt, nachher fühlte ich mich zwar ein bisschen besser, trotzdem aber habe ich die arme Anna hinterher noch ne ganze Weile lang grimmig angeknurrt. Wirklich Ruhe aber habe ich seitdem trotzdem nicht, denn Frauke und Anna überlegen immer ernsthafter, wenigstens einen Teil meines Fells abschnibbeln zu lassen, vor allem am Bart, unterm Bauch und an den Beinen, genau dort, wo ich so eine Prozedur am wenigsten ausstehen kann. Und wie, bitte schön, soll das durchgeführt werden? Wollen sie es selbst versuchen oder lieber mit mir zu einer Hundefriseuse gehen? Fragen über Fragen, über die sie sich bisher nicht einigen konnten.

Also, wenn die beiden mich fragen sollten, würde ich zu einer solchen Prozedur ganz entschieden „nein" sagen. Wieder so an meinem Körper herumfummeln zu lassen, ne, das würde mir ganz und gar nicht gefallen. Und überhaupt, dürfen die denn überhaupt einen

„Puli" scheren lassen? Ist das nicht eine echte Verge-waltigung meines stolzen Hauptrassemerkmals?

Doch, oje, ich glaube, ich habe keine Chance und sehe bereits das Schlimmste auf mich zukommen. Am liebsten würde ich mich verkriechen. Aber wo? Frauke kennt inzwischen ja alle Ecken in der Wohnung, in de-nen ich manchmal versuche, mich unsichtbar zu ma-chen. Also, wenn Frauke ihre kruseligen Locken mir zu Liebe auch abschneiden lassen würde, dann, ja dann würde ich vielleicht...

Ach ne, Frauke ohne ihre wilde Mähne, das wäre auch nix! Ich sag ja, es ist nicht immer leicht, mit den Men-schen auf einen Nenner zu kommen.

Frauke, sag du doch mal, was nun werden soll! Ich bin ja nur ein Hündchen. Auf mich hört ja sowieso keiner. Oder doch? Mal sehen, was passiert!

Ich kann ja nicht einmal „ja oder amen" dazu sagen. Na denn!

Das Fell muss ab - was sonst?

Flexi hat Recht. Jetzt bin ich als Frauke gefragt, ob der kleine Bursche doch geschoren werden soll oder nicht. Klar, der Druck wächst. Ich muss mich wohl nun entscheiden: Scheren oder nicht scheren, das ist die hier die Frage!

Es ist erst wenige Tage her, als ich mit Flexi in unserem Viertel unterwegs war und folgendes passierte: Mein Hundchen lief brav neben mir den Bürgersteig entlang und kümmerte sich nicht um die Autos, die von rechts und links auf der Straße vorbei fuhren. Anders dagegen eine Autofahrerin. Sie pirschte sich langsam von hinten an uns heran. Als sie dann im Schritttempo neben uns entlang rollte, kurbelte sie ihr Fenster auf und hielt mir eine Visitenkarte entgegen. „Falls Sie Ihren Hund in nächster Zeit mal scheren lassen wollen, hier ist die Adresse von meinem Hundesalon." Und danach fuhr sie weiter.

Verflixt, dachte ich, verflixt, jetzt sprechen mich schon wildfremde Leute an, um mir zu sagen, dass es höchste Zeit ist, meinen Kleinen mal ordentlich trimmen zu lassen! Ja, soll ich nun wirklich oder soll ich nicht? Ach, wie sehr war mir bewusst, dass Flexi von dieser Idee nicht gerade begeistert sein wird. Im Tierheim, da hat man ihn unter Narkose geschoren, denn trotz Maulkorb hatte er sich gegen diese Prozedur so gewehrt, dass die Hundetrimmerin kaum lebend davon gekommen wäre, hätte man den rabiaten Wildfang dabei nicht völlig betäubt.

Selber zur Schere oder zum Rasierer greifen? Das klappt gar nicht! Dabei hält unser wehrhafter Held überhaupt nicht stille, weder bei Anna, noch bei mir. Wir haben es mehrmals versucht, gaben es aber sehr schnell genervt wieder auf. Uns wurde klar, jetzt gibt's nur eins, die Visitenkarte heraussuchen und einen Termin bei der Hundefriseuse vereinbaren.

Und dann fuhr ich mit Anna und Flexi los. Sehr einladend fanden wir den Salon nicht. Drei koboldhafte Kleinsthunde huschten wie Irrlichter durch den Raum und schienen sich über Flexis Unsicherheit zu amüsieren und ihn noch nervöser zu machen. Die große „Hundekennerin" hatte offensichtlich keine Ahnung, was ein „Puli" ist und was das Besondere des Puli-Fells ausmacht, und sie wollte sich von uns auch partout nicht belehren lassen.

„Quatsch, wenn das ein Puli wäre, müsste er so'n dickes Halsband tragen", sagte sie und zeigte uns eine eiserne Gliederkette, die offensichtlich für einen riesigen Dobermann geeignet war. Dass Flexis' Fell tatsächlich bereits einige Verfilzungen aufwies, war für sie nur ein Zeichen dafür, wie schlecht wir ihn gepflegt hätten. Und während sie dem armen Flexi - den sie mit einer Leine an einer Art „Galgen" festgehakt hatte - scheinbar völlig gefühllos mit einem gigantischen Rasierer ans Fell ging, wurde Anna, die den armen „Patienten" zu beruhigen versuchte, von der Hundefriseuse regelrecht beschimpft. Ich selbst hatte davon nichts mitbekommen, denn Anna hatte mich bereits zu Beginn der Prozedur nach draußen geschickt, da sie befürchtete, dass ich mit meiner Angst um Flexi den Kleinen nur noch mehr verunsichern würde.

Und er, der arme Kerl? Während der gesamten Schur hat er sich nicht ein einziges Mal gemuckt! Dieser eigentlich so gar nicht ängstliche Bursche, der sich sonst durchaus mit Zähnen und Klauen gegen jede unliebsame Prozedur an seinem Körper wehrt, fiel in dieser Situation völlig in sich zusammen. Gegen dieses gnadenlose Festgezurrtsein am „Galgen" und gegen diese Walküre von Trimmerin - das fühlte Flexi - hatte er keine Chance. Diese Dame zeigte nicht das geringste Einfühlungsvermögen für die Seelenqualen meines armen Hascherls und nahm ihm völlig den Atem.

Als ich in die Trimm-Stube zurückkam, war mein Hundl kaum wiederzuerkennen. Nicht so sehr, weil er sein Fell doch recht rabiat eingebüßt hatte, sondern weil sein Selbstbewusstsein so radikal abgesackt war durch die Hilflosigkeit, die er bei der ganzen Prozedur empfunden haben muss. Kaum waren wir draußen, konnte er nicht schnell genug ins Auto kommen, und kaum hatten wir zuhause die Wohnungstür wieder hinter uns geschlossen, verschwand er in irgendeinem Winkel, in dem man ihn so schnell nicht finden konnte. Nur nicht rauskommen! Sich nur nicht mehr sehen lassen! Zehn Tage lang, ja, ganze zehn Tage lang verkroch er sich in allen möglichen Ecken, wollte kaum fressen und verzichtete sogar auf unsere sonst so heiß geliebten Schmuserunden.

Und ich, ach, ich habe in dieser Zeit genauso gelitten wie er!

Eine Begegnung der besonderen Art

Hallo, hallo. Hier meldet sich wieder euer lieber Flexi zurück – oder sollte ich sagen: Fraukes Flexi? Ach Quatsch, das ist nur Wortklauberei. Ihr Leser kennt mich doch inzwischen auch schon recht gut.

Also, was gibt es noch zu erzählen? Nun ja, dass mein Fell nach der letzten Schur inzwischen zum Glück wieder reichlich nachgewachsen ist, und dass ich mich wieder fast so fühle, wie in alten Zeiten! Nur nicht mehr daran denken, was ich während und nach dieser verfluchten Schur so durchgemacht habe! Vorbei ist vorbei!

Ein Puli zu sein, macht mich inzwischen sogar ein wenig stolz. Aber mein Puli-Fell braucht eben einen richtigen Kenner und Liebhaber, und den habe ich in Frauke inzwischen gefunden. Sie weiß nun, wie sie meinen wild wuchernden Haarwuchs am besten bändigen kann. Und sollte sie doch noch einmal meinen, an mir müsse wieder herum geschnibbelt werden, dann bitteschön nur in der eigenen Wohnung und nur mit viel Gefühl und in erträglichen kleinen Schritten.

„Einverstanden, Frauke?" Ja, einverstanden, mein kleiner Held, antwortete meine Liebste. Aber wird sie auch wirklich Wort halten? Ich hoffe es sehr.

Eigentlich achtet Frauke immer darauf, dass ich mich wohl fühle. Darum zwingt sie mich auch nur selten dazu, mit ihr bei Regen spazieren zu gehen. Puh, sie weiß ja, wie sehr ich Wasser hasse. In unseren kleinen See würde ich nicht einmal mit den Vorderpfoten rein steigen, da können einige meiner Genossen noch so sehr vom Herumplanschen schwärmen. Ich ziehe es lieber vor, mich in der Sonne zu aalen oder – zum Beispiel im Winter - mich im Schnee zu wälzen. Die weiße Pracht ist irgendwie prachtvoll. Sie verwischt die Konturen zwischen den Wegen und den umliegenden Wiesen, darum fühle ich mich dabei auch so richtig frei. Natürlich achtet Frauke schon darauf, dass ich es weder mit dem Schnee, noch mit der Sonne übertreibe. Und überhaupt ist sie immer darauf bedacht, dass es mir gut geht. Dazu gehört ihrer Meinung nach auch, dass ich stets ausgezeichnetes Futter bekomme und täglich genügend fresse. Sie hält mich ja für einen regelrechter Mäkelfresser. Um mich daher bei guter Fresslaune zu halten, fährt Frauke oft mit mir zum „Fressnapf", einem Tierfutterladen, in dem sie dann verschiedene Leckerlis für mich einkauft. Ich gebe zu, besonders gierig aufs Fressen bin ich meist wirklich nicht. Was immer daher Frauke für mich zubereitet hat, oft genug lasse ich es einfach stehen. Aber manchmal gelingt es ihr, mit zwei oder drei besonderen Häppchen meinen Appetit so anzufeuern, dass ich mich dadurch zum weiteren Schmatzen verführen lasse. Und da ich in diesem „Fressnapf" manchmal sogar ausprobieren darf, was mir schmeckt, fahre ich auch gern dorthin mit.

Es ist noch gar nicht lange her, da hatten wir in diesem Tierladen eine besondere Begegnung. Während Frauke dort die Regale durchstöberte, tauchte eine junge Kundin neben ihr auf und entdeckte dabei auch mich. Offensichtlich war sie eine echte Hundeliebhaberin, jedenfalls konnte sie sich gar nicht satt sehen an mir. Es war bei ihr wohl „Liebe auf den ersten Blick."

„Sie haben aber einen süßen Hund", sagte sie zu Frauke. „Darf ich ihn mal streicheln?"

Offensichtlich hatte meine Herrin nichts dagegen. Und so fing die unbekannte Kundin gleich an, mich zu betuddeln. Dabei kamen die beiden Frauen miteinander ins Gespräch. „Also, vor etwa anderthalb Jahren", erzählte Frauke, „hätten Sie meinen Hund nicht so einfach streicheln können. Da hatte ich ihn nämlich gerade erst aus einem Tierheim geholt, und da hat er noch nach jedem geschnappt, der ihm zu nahe kam".

„Was, aus einem Tierheim haben Sie den? Aus welchem denn? Hier aus diesem Ort? Tatsächlich? Das kann doch nicht wahr sein!" rief die junge Frau aufgeregt. „Ach du meine Güte, dann muss das ja unser Rex sein. Der war doch der hässlichste und bissigste Hund, den wir je in unserem Heim hatten!"

Hallo, hallo! Nun wurde es mir aber doch recht ungemütlich. Sprach die junge Dame etwa so von mir? Und woher wollte sie mich denn überhaupt kennen? In dem Tierasyl habe ich ja außer Tanja niemanden an mich rangelassen. Haben die da wirklich soo über mich geredet? Im Übrigen bin ich auch nur sechs Wochen dort gewesen. Da kann man mal sehen, was die Leute manchmal für Geschichten erzählen! Herrje, ich wollte mich schon beleidigt hinter einem Regal verstecken, als dieses Jungchen - offensichtlich eine der Tierpflegerinnen aus meinem alten Heim - plötzlich eine Lobtirade über mich losließ:

„Ach wirklich", flötete sie, „ich hätte nie gedacht, dass aus diesem armseligen Beißer ein so hübsches und liebes Kerlchen würde. Das muss ich all meinen Kolleginnen erzählen! Darf ich ihn mal fotografieren?"

Und schon holte sie ihr Handy aus der Tasche und knipste wie wild drauf los. Sie konnte gar nicht genug Aufnahmen von mir machen - von vorn, von hinten, von allen Seiten, als ob ich ein Hundemodel wäre. Jedenfalls war ich nun einigermaßen versöhnt mit ihr. Als Frauke dann erzählte, dass ich sie während der ersten Monate ganze siebenmal gebissen hätte, fragte diese junge Deern überrascht: „Und Sie haben ihn deswegen nicht ins Heim zurückgebracht?"

Was für eine dumme Frage. Offensichtlich hatte sie keine Ahnung, wie meine Frauke tickt.

„Deswegen meinen kleinen Liebling wieder ins Heim stecken?" erwiderte Frauke dann auch ganz entsetzt. „Aber nein, das wäre mir nie im Leben eingefallen. Wenn man ein Kind bekommt, tauscht man es doch auch nicht um".

Für diese Antwort nahm die Unbekannte mein liebes Frauchen, ach Verzeihung: meine Frauke ganz gerührt in die Arme. Also, die unerwartete Begegnung mit dieser Tierpflegerin aus meinem früheren Heim hat ihr offensichtlich gut getan. Sie lief den Rest des Tages mit leicht verklärtem Gesicht herum. Das Lob, eines der ärmsten Hascherl des Tierheims – das soll ich gewesen sein - auf wundersame Weise in einen echten Schatz verwandelt zu haben, hat sie ja wohl ehrlich verdient. Findet ihr nicht auch?

Frauke und ich – was für ein Paar

Wenn ich es richtig im Kopf habe, dann bin ich inzwischen tatsächlich schon über zwei Jahre bei Frauke. Du meine Zeit, wenn ich mir das so überlege!

Eine wunderbare Zeit war und ist es! Nicht nur so ein einfaches Hundeleben wie in meinen ersten Jahren, sondern eine Zeit mit vielen schönen Augenblicken. Wie genieße ich es zum Beispiel, von Fraukes Wohnung aus über die Terrasse gleich in den kleinen Garten zu huschen, weil ich dort mal ganz allein für mich herumdösen kann. Nur regnen darf es dann nicht, denn Nasswerden, das habe ich ja schon gesagt, hasse ich, das ist zu ungemütlich! Viel schöner finde ich es, wenn mir die Sonne auf den Bauch scheint. Ich hab's halt gern so richtig lecker warm, obwohl viele Leute meinen, mein dichter Pelz würde dazu schon reichen. Haben die eine Ahnung! Mir kann es nie warm genug sein!

Neulich hatte ich mich wieder einmal auf der zurzeit noch recht kargen Wiese neben der Terrasse niedergelassen und ließ meinen wärmehungrigen Pelz von der schwachen Morgensonne bescheinen. Zum ersten Mal seit Wochen hat es keinen Nachtfrost mehr gegeben. Die Vogeltränke war frei von Eis, und eine schwarze Drossel nahm darin gerade ein ausgiebiges Bad, ohne sich dabei von mir stören zu lassen. Da flatterte plötzlich etwas leuchtend Gelbes auf mich zu und ließ sich auf meinem Kopf nieder. Dieses Etwas muss auf meinem schwarzen Haarkleid richtig toll ausgesehen haben. Frauke jedenfalls war von seinem Anblick ganz entzückt. „Der erste Zitronenfalter dieses

Jahres", flüsterte sie ehrfurchtsvoll und wollte ihn gleich per Foto einfangen. Doch bevor sie mit ihrem Wunderkasten ankam, war der scheue Gast wieder entflogen. Schade, es wäre sicher eine hübsche Aufnahme von meinem Erlebnis mit diesen zarten Frühlingsboten geworden.

Im Allgemeinen jedoch treibe ich mich lieber in der großen Grünanlage hinter unserem Haus herum als in unserem winzigen Minigärtchen. Da ist schon eher was los. Da darf ich auch ohne Leine rum rennen. Draußen kommen oft die verschiedensten Leute mit den verschiedensten Vierbeinern vorbei, und die darf ich alle anbellen. Die kriegen da ja keine Angst vor mir, weil doch der Zaun zwischen uns ist, und wenn die Leute mit ihren Viechern um die nächste Ecke verschwunden sind, dann höre ich natürlich auf zu bellen, und in unserem Hof wird's wieder still. Na ja, manchmal schwirrt noch so'n alter schwarzer Kater in diesem Hinterhofgarten herum, der den Bereich wohl als sein Zuhause ansieht. Für ihn haben die Nachbarn dort unter so'ner riesigen Tanne - deren Zweige bis zur Erde reichen - 'ne kleine Hütte mit Futterplatz gebaut. Der Kater ist nämlich so'ne Art Findling und hat keine eigene Familie. Als ich hierher kam, war er schon da und genoss quasi bereits Gewohnheitsrecht. Ich hatte eh' nie die die Absicht, ihn aus diesem Gelände zu vertreiben. Hätte er auch nicht zugelassen, schließlich ist er ein erfahrener alter Herr, und da ich mit 'ner Katze aufgewachsen bin, kann ich auch 'nen ollen Kater durchaus respektieren. Nur aus reiner Neugierde bin ich manchmal ein bisschen näher an das Häuschen herangerückt, auf dem der Pascha ganz breit da lag und mir ruhig in die Augen sah, ohne mit einer Wimper

– o Verzeihung - mit einem Barthaar zu zucken. Wenn ich aber allzu nah heranrückte, dann machte der Kater nur „pfff", und ich zog mich dezent wieder zurück.

Einmal aber, da ist was ganz Tolles passiert. Da hatte sich nämlich eine kleine schwarze Katze in unseren Hof verirrt, und als die mich plötzlich entdeckte, da rannte sie vor lauter Schreck ganz schnell weg. Dadurch wurden alle meine Jagdinstinkte geweckt, und ich hetzte hinter ihr her, hinter Büsche und Hecken, dann querfeldein über die Wiese bis unter die große Tanne, die zu der Zeit gerade mal nicht von dem alten Kater bewacht wurde. Hui, war das eine wilde Hatz! Nie habe ich mich so toll gefühlt wie bei dieser Verfolgungsjagd. Ich glaube, das arme Tier war noch sehr jung und unerfahren und ließ sich in seiner Angst immer weiter und weiter treiben, bis es irgendwann doch noch durch einen schmalen Spalt im Zaun entwischen konnte. Schade, ich hätte dieses Spiel gern noch stundenlang weiter gespielt. Seit jenem Tag gerate ich sofort in höchste Erregung, sobald Frauke sagt, „komm, wir gehen zum Hof, die Abfälle raus bringen." Aber leider, leider, die kleine Katze ist seither nie wieder dort aufgetaucht! Es sollte wohl bei dieser einen Begegnung bleiben. Und der alte Kater zeigt sich inzwischen auch nicht mehr. Ich fürchte, er hat bereits den großen Abgang gemacht. Das tut mir richtig leid! Doch an wen soll ich nun meinen Jagdtrieb austoben? Vielleicht fällt Frauke ja dazu was ein, wie man ein bisschen mehr Spannung in mein Leben bringen könnte.

Doch, doch! Ich gebe ja zu, es gibt auch noch andere schöne Dinge, die ich genießen kann, zum Beispiel mit Frauke Gassigehen - durch das Wäldchen, den Bach entlang, am See vorbei mit seinen vielen Enten und dann durch die Schrebergarten-Anlage. Am liebsten aber strolche ich mit ihr über den Napoleonsweg. Da soll schon der olle Napoleon – wer immer das war – mit seinen Soldaten herum marschiert sein. Kein Wunder, da geht es immer geradeaus, und der Weg ist so schön breit und gut gepflastert. Heutzutage allerdings begegnen uns da keine Soldaten mehr, sondern nur Radfahrer und Fußgänger, von denen viele - ähnlich wie Frauke - ihre Vierbeiner Gassi führen.

Mit deren kleinen Kerlchen habe ich eigentlich keine Schwierigkeiten. Sie schnüffeln meist nur neugierig an mir herum, und ich lass sie in Ruhe schnüffeln. Sobald dort aber so richtig großkotzige Hunde auftauchen, versucht Frauke ganz schnell, mit mir umzukehren oder auf einen Nebenweg auszuweichen. Sie mag einfach nicht, dass ich mich jedes Mal über diese Burschen so fürchterlich aufrege. Doch ich lasse mich nicht gerne von dort einfach wegziehen. Da kann ich mich stur stellen wie ein störrischer Esel, oder meinetwegen auch wie der olle Napoleon, der angeblich auch nie weichen wollte. Ich ramme dann meine Beine ganz fest in den Boden und rühre mich nicht von der Stelle, bis Frauke schließlich gottergeben nachgibt, denn wo sonst gibt es in unserem Viertel so viele Bäume und Laternen - die beide Seiten des Weges säumen - wie hier am Napoleonweg. Und klar, an jedem Baumstamm und jedem Laternenfahl haben schließlich Dutzende meiner Kumpel ihre Duftnoten hinterlassen. Du meine Zeit, was die mir alles so vertellen! Also, wenn ich die in aller Ruhe eingehend erschnüffeln kann, dann fühle ich mich rundum wohl.

Aber auch die Fußgänger, die uns oft dort begegnen, sind zum Teil richtig nett. Viele von denen kenne ich inzwischen schon ganz gut und begrüße sie auch freundlich. Am häufigsten jedoch läuft uns der kleine Toby mit seinem Herrchen über den Weg. Dieser Toby ist nicht gerade ein Kumpel von mir, doch wir akzeptieren einander. Eigentlich ist Toby ja eine echte Nervensäge, ein richtiger Kläffer. Ständig kläfft er sein armes Herrchen an, der solle ihm doch gefälligst wieder und wieder und wieder den alten Tennisball zuwerfen, den er irgendwann mal unter irgendeinem Gebüsch gefunden hat. Und mit diesem grausamen Spiel kann er sein inzwischen doch schon recht angegrautes Herrchen stundenlang in Bewegung halten und uns allen dabei die Ohren voll kläffen. Jedoch auch, wenn Toby mich und meine Teuerste trifft, lässt er vor Aufregung sein quiekendes Organ erschallen, um danach wie irre an Frauke hochzuspringen. Dieses Toby-Kläffen ist im ganzen Ort zu hören, aber niemand regt sich darüber auf, weil Herrchen wie Hundchen ja eigentlich freundliche Gesellen sind und - wie die Leute sagen - einfach hierher gehören.

Frauke und ich sind aber inzwischen ebenso wenig aus unserem Viertel wegzudenken. Tatsächlich, die meisten Leute hier scheinen uns gut zu kennen! Sie bleiben stehen, wenn sie uns begegnen, und jedes Mal wollen sie mich streicheln, als wüssten sie, wie gern ich mich betatschen lasse. Und alle finden, Frauke sei so richtig aufgeblüht, seit sie mich als Hausgenossen hat. Also, der Kleine – das bin ich – täte ihr offensichtlich gut. Ja, manche meinen sogar, wir hätten uns zu einem echten Traumpaar entwickelt.

Ach, hat da wirklich jemand was von „Traumpaar"
gesagt? Ne, ne, soweit würde ich nicht gehen. Vielleicht sind wir eher ein trautes Paar, ein uriges Paar,
eins, das langsam zusammen gewachsen ist. Frauke
und ich, wir haben uns ja erst spät gefunden, sind beide zusammen beinahe schon so alt wie Methusalem,
haben beide bereits unsere Macken und Gebrechen.
Mir kann es zum Beispiel immer noch passieren, dass
ich reflexartig zuschnappe, wenn mir was nicht passt.
(Nicht mehr so häufig wie früher, aber immerhin) Und
immer noch höre ich oft einfach nicht hin, wenn Frauke
was von mir will. (Muss ich denn immer machen, was
sie sagt?) Und immer wieder versuche ich, mich zu
drücken, wenn wieder mal das lästige Fellbürsten an-
steht. In einem Punkt aber habe ich mich inzwischen
deutlich gebessert. Ich belle nicht mehr jeden großen
Hund an, nur noch jeden zweiten. Deshalb lässt Frauke mich inzwischen wieder öfter ohne Leine laufen,
wenn auch mit einer leichten Angst im Nacken, ich
könnte doch mal wieder …

Na ja, so ganz ohne Marotten geht es bei mir wohl
nicht. Obwohl – eigentlich wollte ich mir auch noch die
letzten Schrullen abgewöhnen, allein schon Frauke
zuliebe. Das aber ist gar nicht so einfach. Vieles ist ja
heute für mich so anders als früher, und ich weiß ich
manchmal nicht so recht, was von mir im Grunde jeweils erwartet wird. Das macht mich häufig unsicher,
und ich fange dann an, mit meinem rechten Ohr zu
zucken. Und Frauke grübelt dann wieder stundenlang
darüber nach, warum ich wohl so mit dem Ohr zucke.
Ach, lassen wir das Ganze!

Auch über Fraukes Schwächen will ich hier lieber nichts sagen. Mir fallen im Moment eh' keine ein. Höchstens, dass sie manchmal überängstlich ist, wenn es um mich und meine Gesundheit geht. Insgesamt aber stimmt es schon – wir sind immer mehr zusammen gewachsen. Keiner von uns möchte mehr ohne den andern sein, auch wenn wir hin und wieder schon mal nach anderen schielen, weil ja wohl jeder hin und wieder mal etwas Abwechslung braucht. Bin ich zum Beispiel nicht der Frauke manchmal ein wenig zu ruhig? Wenn ich aber wirklich mal Dampf ablassen will, geht ihr gleich die Puste aus. Und ich, na ja, ich wünschte mir dann schon mal einen echten Bolzpartner, mit dem ich mich so richtig balgen könnte.

Doch wie auch immer, irgendwie scheinen wir beide als ein Pärchen aufzufallen, dass zusammen gehört. Die Sichtweisen auf uns aber können durchaus auch sehr unterschiedlich ausfallen. Anna jedenfalls meint, wir wären schon ein geradezu „urkomisches Paar". Wenn sie uns so von hinten beobachtet, wie wir so durch die Gassen tapsen, dann müsse sie jedes Mal lachen. Sie findet, dass wir uns immer ähnlicher würden wie zwei alte Zirkuspferde. Inzwischen hätten wir nicht nur den gleichen Watschelgang, sondern auch noch die gleiche Wuschelfrisur. O Herr, o Herr! So'n Quatsch überhaupt! Ist doch klar, dass ich mich Fraukes Laufschritt anpasse. Und dass wir nach Annas Ansicht dieselbe Frisur haben sollen, finde ich einfach lächerlich. Die Behaarung auf unseren Gehirnkästen sieht doch ganz unterschiedlich aus, auch wenn wir beide zurzeit Locken haben. Aber vielleicht vergeht mir ja bald das Lachen, denn Frauke hat ihre Mähne erst kürzlich auf Rot getrimmt, weil sie meinte, dass graue

Haare sie aussehen ließen wie eine alte Frau. Und inzwischen hält sie mir jedoch tatsächlich immer öfter vor, dass auch meine Haare nun schon einen grauen Schimmer hätten. O Gott, mir schwant was! Sie wird ja wohl nicht … oder etwa doch? Na ja, zuzutrauen wäre es ihr, dass sie irgendwann auf die Idee kommt, mein Fell ebenfalls rot einzufärben. Ach du meine Güte. Ach ne, ne, ne!

Doch, was soll's! Ich frage mich, wäre dies wirklich so schlimm? Dann wäre ich eben ein roter Hund! Diese Sorte gibt es ja nicht so oft. Sollten also Frauke und ich eines Tages wirklich mal als „Feuerrotes Pärchen" hier aufkreuzen, hätten unsere Mitbürger wahrscheinlich ihre Freude dran und würden uns noch kräftiger als bisher auf die Schulter klopfen. So schlecht wäre das ja auch wieder nicht! Was wollen wir denn noch mehr? Wenn's den Leuten doch Spaß macht! Mir auf jeden Fall! Und ich glaube, der Frauke auch!

Mit diesen Gedanken werde ich mich nun von euch, liebe Freunde, verabschieden. Auch Frauke lässt zum Abschluss herzlich grüßen. Ob sie später mal eine Fortsetzung unserer Geschichte schreiben wird? Das kann ich zurzeit noch nicht sagen. Wer weiß! Aber vielleicht habt ihr ja Lust, mal eure eigenen Geschichten herauszubringen. Darauf freuen sich schon

Euer Flexi und meine Frauke.